마왕학원의
반역자
3
~인류 최초의 **마왕후보**,
권속 **소녀**와
왕좌를 **노린다**~

세기는…… 어떤가요?

코이와이 레이나

후후…… 방심은 금물이라구?

히메가미 리제르

SERVICE

호시가오카 스텔라

마왕학원의 반역자

쿠지 마사무네 지음 / kakao 일러스트 / 박정철 옮김

커버 · 컬러내지 · 본문 일러스트
kakao

Prologue — 006

제1장 마족의 동맹 — 016

제2장 어느 날 갑자기, 여동생으로 — 068

제3장 만약 죽음을 되풀이할 수 있다면 — 112

제4장 달과 별의 대결 — 150

제5장 사신 — 188

Epilogue — 242

죠도가하마 로스트
'사신'의 마왕 후보. 다른 마왕 후보를 끌어들여 동맹을 구축하는데
그 의도는 불명. 마왕학원에 안 다니고 있는 듯하다?

시모카즈마 린네
'휠 · 오브 · 포춘'의 마왕 후보.
자해로 발동하는 '리바이벌'로 약간이지만 시간을 거스른다.

타카쿠즈레 마리오스
'타워'의 마왕 후보. 정밀한 인형을 만들어내는 것에 이상하게 집착한다.
'바벨 · 타워'는 자신의 소중한 것을 대가로 적의 소중한 것을 파괴한다.

간도 바르바토스
긴세이 학원의 교장 겸 현 마왕.
마계의 절대적인 지배자이지만 평소에는 표표한 아저씨.

산노 리키마루
'스트렝스'의 마왕 후보.

키타카미 루나틱
'문'의 마왕 후보.

산사 서머즈
'선'의 마왕 후보.

아스피테 라인
'월드'의 마왕 후보.

미츠이시 이비자
'데빌'의 마왕 후보.

등 장 ◆ 인 물 ◆ 소 개

모리오카 유우토
'러버즈'의 마왕후보. 인류 최초의 마왕 후보로 선택받았다.
'인피니트 · 러버즈'의 힘으로 다른 마왕 후보와 맞선다.

히메가미 리제르

'러버즈'의 퀸. 유우토를 마왕으로 만들어주겠다고
끌어들인 장본인이며 착실하고 성실한 누님.

유우가오제 미야비
'러버즈'의 프린세스. 날라리 같고 기가 세 보이는 분위기를
내는 것과는 반대로 본성은 성실하고 밀어붙이는데 약하다.

코이와이 레이나

'러버즈'의 나이트. 덜렁이지만 검의 달인.
치유 담당.

호시가오카 스텔라
'스타'의 마왕 후보.
마족이자 현역 인기 아이돌.

네이트 · 카르낙

'채리엇'의 마왕 후보.
금발에 갈색 피부를 가진 소심한 미소녀.

코우마 루키
'저지먼트'의 마왕 후보.
붙임성 있는 남자애.

Prologue

심야의 병원은 굉장히 조용했다.

최소한의 빛이 인기척이 없는 복도를 드문드문 차갑게 비추고 있었다.

대합실 벤치에 앉아있는 사람은 나와 리제르 선배, 미야비 셋 뿐이다.

"리제르 선배…… 레이나는, 괜찮을까요?"

젖은 듯이 빛나는 바닥을 바라보는 채로 혼잣말하듯이 물었다. 옆에 앉아있는 리제르 선배는 내 손을 살짝 만졌다.

"지금은 진찰 결과를 기다리자."

"……아까 전의 레이나, 장난 아니었어."

불과 30분 전, 레이나가 갑자기 쓰러졌다. 나는 바로 구급차를 부르려고 했으나 리제르 선배가 제지했다.

"보통 병원은 안 돼. 내 주치의가 있는 병원으로 데려갈 거야."

————라면서 바로 차를 준비해줬다.

차 안에서 본 레이나의 모습은 눈꺼풀 뒤에 새겨졌다.

그대로 열려있는 눈동자. 무표정한 얼굴. 그건 마치 인형과 같았다. 레이나라기보다는 레이나와 비슷하게 만든 인형처럼 보였다.

리제르 선배와 닿아있는 반대쪽 손을 미야비가 잡았다.

"저기, 유우토. 걱정되는 건 나도 마찬가지야? 그래도 우리가 정신 똑바로 차려야지."

"미야비……."

그 얼굴은 미소 짓고 있었다. 하지만 눈동자에 비친 불안한 빛은 감추지 못했다.

내가 기운을 차릴 수 있도록 무리하게 허세를 부리고 있구나.

"그렇지…… 고마워, 미야비. 그리고 리제르 선배도, 죄송해요."

리제르 선배는 따뜻한 미소를 지으며 고개를 저었다.

"그만큼 유우토가 레이나를 걱정하고 있다는 뜻인걸. 사과할 것 없어."

그리고 조금 슬픈 듯이 시선을 떨궜다.

"그래도 언젠가 이런 날이 오지는 않을까 우려하고 있었어. 레이나는 우리랑은 조금…… 다르니까."

"리제르 선배?"

그게 무슨 말이냐며 물어보려고 했을 때 병실의 문이 열렸다.

간호사에게 불려 안으로 들어가니 검사복을 입은 레이나가 침대 위에 누워있었다. 눈을 감고 자면서 내는 작은 숨소리와 함께 가슴이 오르내리고 있었다. 나는 진심으로 안심했다.

자고 있긴 하지만, 저건 내가 알고 있는 레이나다. 아까 전의 인형 같았던 레이나가 아니다. 어느 쪽이든 레이나인데, 신기하게도 동일 인물이라는 생각이 안 들었다.

리제르 선배는 안도의 한숨을 쉬고는 의자에 앉아있는 여의사에게 물었다.

"몬젠지 선생님, 레이나는 이제 괜찮은가요?"

여의사의 이름은 몬젠지인 듯하다. 보기에는 30대 후반. 하지만 이 사람도 마족이니 실제로는 더 연상일 것이다. 안경을 쓴 눈빛은 어딘지 졸려 보였고 긴 머리칼을 아무렇게나 땋아서 앞으로 늘어뜨리고 있었다.

"괜찮다면 괜찮지. 금방 눈을 뜰 거야."

나는 무심코 미소 지으면서 잠든 레이나의 얼굴을 바라봤다.

"다행이다…… 한때는 어떻게 되는 줄 알았는데."

"하지만 저 애의 몸은 확실하게 붕괴해가고 있어. 다음에 쓰러지면 부서지지 않을까."

"──네?"

나는 선생님의 얼굴을 바라봤다.

"저기…… 그 말은, 무슨 뜻인가요?"

"응? 그러니까 저 애는──."

"선생님."

리제르 선배가 말을 잘랐다.

"그건 레이나 본인의 입을 통해서 듣는 게 좋을 거라고 생각해요."

"응…… 그런가. 그럼 난 침묵을 지키지."

리제르 선배가 레이나가 있는 쪽을 힐끗 본 후에 물었다.

"선생님이 보시기에 수명은 앞으로 어느 정도인가요?"

"2, 3일이려나."

아니,

아니 잠깐만.

"서, 선생님…… 그리고 선배도, 무슨 소리를 하는 거예요? 이봐 미야비."

뒤돌아보니, 미야비는 입술을 깨물고 눈물을 글썽이고 있었다.

"다들…… 대체 뭐가 어떻게 된 거야?"

정체를 알 수 없는 초조함이 엄습했다. 당연하다고 생각했던 일상이 사실은 부서져가고 있었다는 걸 이제야 깨달은 것처럼.

"대체 뭔가요?! 알 수 있게 설명을――."

나도 모르게 언성을 높인 순간, 레이나가 신음 소리를 냈다.

"으응…… 어, 어라?"

"레이나?!"

어렴풋하게 눈을 뜨고 병실 안을 둘러봤다. 우리의 모습을 보더니 미안하다는 듯이 웃음을 지었다.

"저…… 저기 저기, 레이나는…… 쓰러졌, 나요?"

레이나는 몸을 일으켜 침대에서 내려오려고 했다.

"야, 무리하지 마."

"아뇨, 이런 일은 지금까지도 가끔씩 있었으니까요…… 하지만 유우토 씨 앞에서 쓰러져버리다니……."

레이나는 난처한 듯이 미소 지었다.

"정말, 글러먹었네요."

"가끔씩이라니…… 그렇게 중요한 걸 왜 말하지 않은 거야?! 바로 입원이나 치료를 하지 않으면――."

레이나는 내 말을 부정하듯이 고개를 저었다.

"이제 유우토 씨에게도 진실을 말해둬야, 겠네요."

진실?

레이나는 곤란하다는 듯이 웃고는 검사복의 옷자락을 움켜쥐었다.

"레이나…… 사실은 마족이 아니에요."

"……?"

마족이 아니라고?

그 말은 인간이라는 뜻인가?

아니, 그럴 리 없다. 지금까지 레이나가 싸운 모습을 보면 알수 있다. 레이나의 능력은 인간을 아득히 초월한다.

나는 무심코 리제르 선배에게 질문을 던지듯이 시선을 돌렸다.

"……레이나, 지금이 아니라도 괜찮아."

리제르 선배가 걱정스럽게 속삭이니 레이나는 고개를 저었다.

"말할 수 있을 때 말해둬야죠…… 언제 끝이 올지 모르니까요……."

끝이라니── 그게 뭐야?

가슴속이 서늘해졌다.

불길한 예감이 등을 타고 스멀스멀 기어 올라왔다.

"레이나, 호문쿨루스예요…… 예요."

……호문, 쿨루스?

"인간도 마족도 아니에요. 마술로 만들어진 생명체예요……

예요."

"그게——."

무슨 말이냐며 물어보려 했을 때, 선생님이 의자에서 일어섰다.

"——그럼 진찰은 끝났어. 간호사는 레이나 양이 옷 갈아입는 걸 도와줘. 다른 사람들은 병실 밖으로 나가자."

몬젠지 선생님은 우리에게 날카롭게 눈짓했다.

우리는 순순히 말을 들어 병실에서 나왔다. 문이 닫힌 뒤에 몬젠지 선생님은 나에게 말했다.

"저 애 말인데, 본인 말대로 호문쿨루스야. 다시 말해서 만들어진 생명체지."

만들어진?

대체 누구에 의해서? 왜?

의문이 차례차례 머릿속에 떠올랐다. 의문이 너무 많아서 무엇을 물어봐야 하는지도 모르겠다.

그런 나를 대신해서 리제르 선배가 심각한 표정으로 선생님에게 질문했다.

"선생님. 레이나의 몸은 이제 정말로…….."

가슴속에서 숨이 턱 막혔다.

"그래. 호문쿨루스의 몸이 붕괴하기 전에 보이는 전형적인 증상이야. 이제 그렇게 오래 살진 못할 거야."

"그럴 수가! 레이나를 구할 방법은 없나요?!"

나는 기대를 담은 눈으로 몬젠지 선생님을 바라봤다. 하지만 선생님은 미안하다는 듯이 어깨를 으쓱였다.

"무리야. 몸의 조직을 고정하는 핵이 너무 취약해. 저 애를 만든 녀석은 실력이 그리 좋은 마술사는 아닌 것 같아."

"핵······?"

몬젠지 선생님은 무의식적으로 되물어본 나에게 담담하게 대답했다.

"호문쿨루스를 형성하는 기반이야. 보통은 마법석을 쓰는데······ 그 돌이 얼마나 뛰어난 성질을 가지고 있는지가 중요해서 말이지. 질 좋은 마법석을 더 정제해서 순도를 높이지. 그 순도가 높을수록 좋은 핵이 돼. 내 소견으로는 이 애의 핵은 불량품이야."

"이럴 수가······."

나도 모르게 구원을 바라는 눈으로 리제르 선배를 보고 말았다. 하지만 선배도 미간을 찌푸리고 갈 곳 없는 분노를 억누르고 있었다.

"선생님····· 핵을 더 좋은 것으로 교환하는 방법은 정말로 없나요?"

"전에도 그런 질문을 들었는데, 그건 무리야. 호문쿨루스는 전신이 마술 기관으로 구성되어 있는 것과 마찬가지인 존재야. 일부를 빼는 순간 모든 것이 붕괴해."

리제르 선배는 분한 표정을 짓고 주먹을 꽉 쥐었다.

"뭔가 방법은 없나요?! 일단은 응급처치 같은 것이라도! 앞으로 2, 3일이라니——."

"그렇네····· 우선 저 애가 가장 필요로 하는 에너지를 핵에 공급해주면 수명이 어느 정도 연장될 거야."

필요로 하는, 에너지?

"원래는 핵에 에너지를 모아두거나 외부에서 정기적으로 공급받거나 하는 방법 중에서 한 가지 방법을 취하는데, 저 애는 어느 방법으로도 못 얻은 것 같으니 말이야."

나는 참지 못하고 물었다.

"저기! 레이나가 필요로 하는 에너지라는 게 뭔가요?!"

"그건 나도 몰라."

몬젠지 선생님이 어깨를 으쓱이자 교복으로 갈아입은 레이나가 병실에서 나왔다.

"기, 기다리게 해서, 죄송합니다, 예요!"

정말로 미안한 듯이 몇 번이고 머리를 꾸벅꾸벅 숙였다.

그 모습이 갸륵해서 애처로웠다.

다른 사람을 신경 쓸 여유 따위는 없을 텐데.

──젠장!

나는 손톱이 손바닥에 파고들 정도로 주먹을 꽉 쥐었다.

그리고 맹세했다.

난── 레이나를 절대로 죽게 두지 않을 것이다!!

마왕학원의
반역자

제1장

마족의 동맹

'타워'의 마왕후보, 타카쿠즈레 마리오스는 50층짜리 타워맨션에서 살고 있었다.

최상층의 펜트하우스가 마리오스의 자택 겸 공방이다.

방 안에는 피규어, 프라모델, 디오라마, 풀 스크래치 빌드 등이 죽 늘어서 있었다.

타카쿠즈레 마리오스는 모델러이다.

펜트하우스에는 방이 많이 있지만, 그 모든 방이 모형을 두는 곳이나 작업장으로 변해 있었다.

개봉하지 않은 피규어를 두는 곳, 만드는 도중인 프라모델 방, 재료를 두는 곳, 각 과정별 전용 공작실 등 모든 방에 역할이 정해져 있지만, 생활감은 어디에도 없었다.

지금 마리오스가 있는 곳은 한쪽 벽 전체가 창문으로 된 방이다. 고층 빌딩이 줄지어 서 있는 야경이 보여 창문으로 보이는 경치는 정말 아름다웠다. 하지만 마리오스는 작업대 위의 작품에 집중하고 있었다.

야경 따위는 안중에도 없어질 정도의 아름다움.

마녀의 피규어—— 마리오스가 혼신의 힘을 쏟은 역작이다.

스케일은 4분의 1이며 높이는 50센티 이상이나 된다. 완벽한 아름다움을 갖춘 얼굴, 장갑을 둘렀지만 여성의 육체임을 주장

하는 노출된 가슴. 파도치듯이 흐트러진 은백색 머리칼과 펼친 날개는 화려하다는 말 한마디로 표현할 수 있었다.

통상적인 피규어라면 원형에 해당하는 물건이지만 양산 계획은 없다. 완전한 하나의 제품이었다. 물론 무서울 정도로 정밀하고 복잡한 모델이니 양산하려고 해도 불가능할 것이다. 무리하게 양산해도 퀄리티가 훨씬 떨어지는 데드카피가 만들어질 뿐이다.

그런 제조상의 제한을 신경 쓰지 않는 것도 있어서 신이 만든 예술품과 같은 수준까지 도달한 작품이었다.

인간 마니아뿐만 아니라, 마족이라도 선망의 눈길을 보낼 것이다.

피규어에 생명이 깃들어 피규어 자체가 마력을 뿜고 있는 듯했다. 만약 이 여성이 실재한다면 분명 가공할 만한 힘을 자랑할 것이다── 보는 자는 누구든 그렇게 상상하고 마는, 그런 피규어였다.

마리오스는 팔짱을 끼고 그 피규어를 가만히 바라봤다.

그 얼굴은 여위었고 눈 주변에 다크서클도 생겨나 있었다. 창작에 너무 집중한 나머지 수면과 식사를 잊은 게 아닐까 하는 생각이 들게 만드는 용모였다.

웨이브가 진 초록색 머리칼도 손질을 전혀 안 했는지 부스스했다. 옷도 도색용 도료가 튄 교복을 그대로 입고 있었다. 몸가짐은 개의치 않는 성격인 듯했다.

그의 집중력은 단 한 곳에 집약되어 있었다.

그것은 자신의 창작활동.

마리오스는 그 성과를 바라보며 만족스럽게 미소 지었다.

"완벽해……."

조금만 더 하면 최고 걸작이 완성된다.

아마도 지금의 자신이 할 수 있는 베스트. 자신의 목숨 다음으로 소중한 작품이다.

——그리고,

이것을 잃었을 때의 절망감과 상실감을 상상하니—— 몸이 떨렸다.

자연스럽게 입꼬리가 올라가고 가슴속이 오싹오싹했다.

만약 옮길 때 손이 미끄러져 바닥에 떨어진다면? 산산조각이 나버린다면?

무섭다.

나는 이 작품에 상처 하나 입히고 싶지 않다.

그런데도,

그렇게 해버릴 것만 같은 자신이 있었다.

돌이킬 수 없는 짓을,

몸이 잘려 나가는 듯한 상실감과 슬픔을 갈망하는 자신이——,

그때 전자음이 울렸다.

"——?"

마리오스는 얼굴을 찌푸리고 벽에 건 모니터를 올려다봤다. 모니터는 전부 합쳐서 아홉 개. 각각의 모니터에 '타워'의 카드들의 모습이 비치고 있었다.

이 타워 맨션에는 마리오스 전용 엘리베이터가 존재한다. 그 엘리베이터는 5층마다 멈추게 되어 있었으며, 각 층은 마리오스의 카드들의 공방이다.

'타워'는 모두가 모델러인 것이었다.

그리고 각 층의 카드들이 방문자를 안전하다고 확인하지 않는 한은 위층으로 이동하는 것은 불가능하다. 최상층에는 마술적 방벽이 둘러쳐져 있어서 펜트하우스에는 이 엘리베이터 이외에는 도달하는 것이 불가능하다.

5층의 모니터를 보니, 거기에는 엘리베이터에서 내리는 두 개의 그림자가 비치고 있었다.

하나는 빨간 머리 남자. 또 하나는 핑크색 머리칼을 가진 여자.

누구지?

그 모습은 본 적이 없었다—— 하지만 마왕 후보이거나 그 카드일 것이라는 건 쉽게 상상이 갔다.

자세히는 모르지만 '데빌'의 이비자가 누군가에 의해 쓰러졌다는 이야기는 들었다. 그 때문에 마왕 후보들의 움직임이 활발해졌을 것이다.

아마 어딘가의 마왕 후보가 카드를 이용해서 떠보러 온 것이 틀림없을 것이다.

모니터에는 두 침입자 앞을 막아선 '타워'의 카드, 고료카쿠 바셋. 긴세이 학원 1학년 C반의 신입이다. 코트 카드가 아닌 슈트 카드, 더구나 서열로 치면 최하위인 II이다.

고료카쿠가 스스로 제작한 괴물 피규어를 손에 들고 있었다. 개구리와 악어를 융합한 듯한 기분 나쁜 모습이었다. 디자인에 개성이 있어서 실로 리얼했다. 아무것도 모르는 사람이 보기에는 완성도가 훌륭했지만, 마리오스의 눈에는 서투르게 보였다.

고료카쿠는 그 피규어를 내던졌다.

모처럼 만든 역작이 허공을 날았다. 마주 보고 있는 침입자도 왜 스스로 그런 짓을 하는 건지 몰라 당황했을 것이다.

──하지만 이것이 '타워'의 기본능력.

피규어가 순식간에 거대화하여 신장 2미터의 괴물로 현실화하였다.

──창작물을 실체화시키는 마법이다.

현실에는 존재할 수 없는 개구리와 악어의 융합 몬스터가 남자 침입자에게 달려들었다. 그 남자는 전혀 저항하지 못하고 머리부터 먹혔다.

"……시시해."

어디의 카드인지 모르겠지만, 상대도 안 된다.

몬스터는 남자의 몸을 깨물어 부수며 씹어나갔다.

마리오스는 흥미를 잃은 것처럼 몬스터에게서 등을 돌려 다시 작업대를 마주했다.

우리는 괴물이든, 기계든, 무엇이든 현실화 할 수 있다. 이 힘을 사용하면 얼마든지 전력을 증강할 수 있다. 이것이 우리 '타워' 제일의 강점.

다른 마왕 후보에게는 카드 장수라는 한계가 있다. 하지만 나에게는 한계가 없다. 더 강력한 병력을 더 많이 모을 수 있다. 그러기 위해서 조형에 재능이 있는 녀석들을 카드로 삼아 양산 체제를 갖췄다.

아직은 싸움에 참가할 때가 아니다.

하지만 싸움은 이미 시작되었다.

이 공방이 나의 전장이다.

마리오스는 마녀 피규어의 마무리 작업에 돌입했다.

이건 강적을 위해 쓰기로 했다. 이 완성도라면 분명 '스타' 호시가오카 스텔라도, 트라이엄프도 쓰러뜨릴 수 있을 것이다.

그렇게까지 이 작품이 중요하다고 느끼고 있었다.

퐁~ 하는 전자음이 울렸다.

──뭐?

그것은 방문자를 알리는 소리다.

"뭐라고……."

뒤돌아서 벽의 모니터를 올려다보니 9개의 모니터는 전부 노이즈가 지직거리는 화면으로 바뀌어 있었다.

발소리가 다가왔다.

무슨 일이 일어난 거지? 아래에 있는 녀석들은 대체 뭘 하고 있는 거야?

의문을 느끼면서 일어서자 방문이 열렸다.

"밤늦게 미안. 넌 '타워'의 타카쿠즈레 마리오스?"

모니터에 비친 빨간 머리 남자였다.

얼핏 보기에는 평범한 남자처럼 보였다. 사람 좋아 보이는 웃는 얼굴. 친근한 말투.

하지만 어딘가 이상했다.

어디가 어떻다고는 말하기 어려웠다. 하지만 사람과 짐승에게
무해한 남자는 아니라고 본능이 알렸다.

옷은 긴세이 학원의 교복이 아닌 사복. 후드가 달린 검은 윗옷
에 편안하게 입은 하얀 셔츠. 그리고 검은 데미지 진을 입고 있
었다.

교복은 각자 자유롭게 커스터마이징 해서 한결같다고는 할 수
없지만, 이 남자가 입고 있는 옷은 명백하게 교복이 아니었다.

──누구지, 이 녀석들은?

여자 쪽으로 시선을 돌리니, 이쪽은 교복 차림이었다. 게다가
평범하게 귀여웠다.

붙임성 좋아 보이는 미소. 방과 후에 번화가에서 친구와 함께
놀고 있을 것 같은 소녀였다. 카페에 들르거나 옷과 액세서리를
보고 떠들거나 하면서. 그리고 가끔 연예 프로덕션 쪽에서 말을
거는── 그런 일상을 쉽게 상상할 수 있었다.

"너희들…… 어떻게 여기까지 올라왔지?"

마리오스는 질문에 질문으로 대답했다.

하지만 빨간 머리 남자는 기분이 상한 기색도 없이 희미하게
미소 지었다.

"그냥. 정지한 층에 있던 건 네 카드…… 다시 말해서 문지기지?
아마 그걸 넘어서면 널 만날 자격이 있다. 그런 뜻인 줄 알고."

마리오스는 눈을 살짝 치켜떴다.

쓰러뜨리고 왔다고?

그런 바보 같은 일이. 하지만 이 녀석은 첫 층에서 맥없이――,

그때, 문득 깨달았다.

소녀의 발아래에 붉은 물방울이 방울져 떨어져 있었다. 교복 왼팔에는 새빨간 얼룩이 퍼져 있었다.

――피.

오른손에는 커터 칼.

――이 녀석.

하지만 소녀의 표정에서는 고통을 감지할 수 없었다.

애완동물 같은 미소가 섬뜩하게 느껴지기 시작했다.

"너희들…… 누구냐?"

빨간 머리 남자는 소녀에게 손바닥을 펼쳤다.

"이쪽은 '휠 · 오브 · 포춘'의 마왕 후보, 시모카즈마 린네."

"뭣……?!"

순간적으로 경계했다.

"설마…… 마왕 후보가 직접 쳐들어올 줄이야."

그렇다면 이 남자는 '휠 오브 포춘'의 에이스로 봐도 될 것이다.

마리오스가 그렇게 판단한 순간――,

"난 '데스'의 마왕 후보, 죠도가하마 로스트. 앞으로 잘 부탁해."

"……!!"

마리오스는 작업대 위에 있던 최고 걸작을 잡았다.

"그렇군, 역시 훌륭하네."

로스트는 마리오스가 손에 쥔 피규어를 보고 태평하게 감상을 말했다.

"아까 아래층에서도 봤는데, 모형을 실체화시키는 게 '타워'의 능력이구나. 보통은 밸런스를 생각해서 카드를 갖추는 법인데…… 한 곳에 집중해서 돌파하는 과감한 전략을 쓰네."

"너 이 자식…… 첫 층에서 죽었지?"

"'데스' 아르카나를 가지고 있는 것 치고는 죽음과는 연이 없어서. 이름값을 못 해서 조금 낙담하던 차였거든."

로스트는 티 나게 어깨를 으쓱해 보였다.

"그보다 네 힘을 보여줘. 같은 능력을 써도 카드가 쓰는 것과 마왕 후보가 쓰는 건 꽤나 다르잖아?"

"좋지…… 보여주마."

──이건 나의 최고 걸작.

시간과 노력을 아낌없이 쏟아부은 주옥같은 작품.

무엇보다도 소중한 나의 보물.

어떤 마왕 후보라고 해도, 이것 앞에서는 굴복할 수밖에 없다!

"간다 인마아아아아아아아아아아아아아아아아아아아아아!!"

마리오스는 그 소중한 피규어를 높은 천장을 향해 높이 던졌다.

그리고 그것은 회전하여,

실체화,

하지 않고──,

바닥에 떨어져 산산이 부서졌다.

"우와아아아아아아아아아아아아아아아아아아아아아아아아아

아아아아아아아아아악!!"

마리오스는 무너지듯이 무릎을 꿇고 절규했다.

"이게 어떻게 된 거냐아아아아아아아아아아아!! 저질러버렸 다아아아아아!!"

다른 사람의 눈도 신경 쓰지 않고 대성통곡했다.

주먹을 쥐고 바닥을 내리쳤다.

"이건! 이건 내 최고 걸작이었어!! 무엇보다도 소중한! 소중한 것이었다고오오오오오! 그런 작품이, 그런 작품이이이이이이이 이이이이!!"

로스트와 린네는 마리오스의 모습에 어안이 벙벙해 있었다.

자기가 던졌는데 부서졌다.

어쩌면 마법에 실패한 것일지도 모른다.

말하자면 자업자득.

이게 '타워'의 마왕 후보?

눈물을 흘리면서 있는 힘껏 바닥을 계속해서 내려치고 있었 다.

로스트는 그 모습을 계속 보는 것 말고는 아무것도 할 수 없었 다. 하지만──,

"우오오옷! 으아아아아아앗 힛…… 히, 흐힛! 히히히히히히히."

"……?"

이윽고 마리오스의 한탄에 웃음이 섞이기 시작했다.

마리오스는 한없이 눈물을 흘리면서 황홀한 표정을 지었다.

"흐하아앗! 이 절망감…… 이 상실감…… 아아, 어쩜 이렇게 가슴이 괴로울 수 있을까…… 분노와 원통함과 분함과 슬픔으로 머리가 이상해질 것 같아…… 최고, 최고야."

로스트는 날카로운 눈으로 그 변화를 지켜봤다.

"마리오스…… 넌."

"무엇보다도 소중한 것을 잃는다—— 이 쾌가아아암! 소중한 것이 무참하게 부서져 돌이킬 수 없게 돼버리는—— 이 절마아아아아아아앙! 이 얼마나 최악이면서 최고냐아아아아아아아아!!"

"?!"

갑자기 주위의 공간이 변했다.

주위의 벽이 사라지고 바닥이 하늘을 향해 상승했다.

"……이건?!"

로스트는 발아래로 멀어져가는 야경을 바라봤다. 어느샌가 발 디딜 곳도 좁아져 있었다. 넓은 방이었는데, 지금은 가로세로로 2미터 정도밖에 공간이 없었다.

높이는 수백 미터. 벽도 없고 울타리도 없었다. 강한 바람이 불면 날릴 것 같았다.

그런 불안정한 곳에 자신과 린네만이 서 있었다.

"이건…… 탑?"

아까 전까지 있던 타워 맨션이 아니었다. 로스트는 돌과 벽돌을 쌓아 만든 터무니없이 높은 탑 위에 있다는 것을 깨달았다.

"——고유마법 '바벨·타워'."

마리오스는 로스트 일행의 시선 끝에 있는 밤하늘에 떠 있었다.

슬픔과 고뇌에 얼굴을 일그러뜨리고 환희의 눈물을 흘리면서.

"……이게 '타워'의…… 고유마법."

갑자기 강풍이 로스트의 얼굴을 때렸다. 방금 전까지 맑았던 밤하늘이 어느샌가 폭풍이 몰아치는 밤으로 변해 있었다.

강풍은 사정없이 두 사람의 몸을 빌딩 위에서 날려버리려 했다.

떨어지면, 죽는다.

이성적으로 이해한 것이 아니라 본능이 그렇게 알려줬다.

로스트와 린네는 바람에 버티듯이 자세를 낮추고 바닥에 손을 짚었다.

하지만 덮쳐오는 것은 바람뿐만이 아니었다.

위를 올려다보니 하늘은 사나웠고 번개구름은 용처럼 소용돌이치고 있었다. 그 구름이 빛을 뿜었다.

──번개인가.

구름 속에서 섬광을 내뿜고 고함과 같은 천둥소리를 울렸다.

아마 진짜 위험한 것은 저 번개일 것이다.

지금 우리가 서 있는 곳에 번개가 떨어지면 탑은 아마 붕괴할 것이다. 그리고 우리 모두 최후를 맞이할 것이다.

"그렇구나. 저 인형은 일부러 부쉈구나. 모형을 실체화시키는 것이 아니라, 소중한 것을 파괴함으로써 대규모 의식마법을 전개하는 것…… 그것이 너의 진정한 능력."

"그래, 정말로 불행한 고유마법이라고. 그 피규어는 예술품이었어…… 로댕에게도, 베르니니에게도 뒤지지 않는. 어떻게 생각해도 다른 사람의 목숨보다 무거워. 아아! 그런데! 그런데! 아무래도 좋은 녀석 때문에 나의 가장 소중한 작품을 제물로 바쳐야만 하다니!"

마리오스는 다시 눈물을 흘렸다.

"그런 것 치고는 기뻐 보이는데."

마리오스는 눈물을 흘리면서 웃고 있었다.

"무엇보다도 소중한 것을 빼앗기는 쾌감…… 알잖아?"

"미안. 모르는데."

로스트는 미안하다는 듯이 미소 지으며 이 고유마법에서 탈출할 생각을 했다.

하지만 그 방법을 모른다.

"말해두겠는데, 그 탑에서는 도망칠 수 없다고. 유일한 탈출방법은 그 탑과 함께 스러지는 것이다."

로스트는 의기양양한 마리오스에게 감탄한 것처럼 고개를 끄덕였다.

"필살의 고유마법이라는 거구나…… 무섭네."

그때, 유달리 큰 천둥이 울렸고, 마리오스는 승리를 확신했다.

설마 이런 행운이 굴러들어 올 줄은 생각지도 못했다. 아무튼 상대는 무서운 능력을 가지고 있다는 소문이 돌던 '휠 · 오브 · 포춘'과 수수께끼의 마왕 후보였던 '데스'다.

'데스'의 정체는 지금까지 알려지지 않았었다. 그 정체가 판명된 데다가 둘을 동시에 쓰러뜨릴 수 있는 것이다.

대 '스타'용으로 쓰러던 피규어를 써도 충분히 남는 장사다.

다만 신경 쓰이는 것은── 죠도가하마 로스트라는 남자……

궁지에 몰렸는데도 여전히 태평하다. 아주 태연자약하다.

바보인가?

여자 쪽은 의문을 품을 여지가 없었다. 상황이 이런데도 싱글싱글 웃고 있었다. 바보다.

갑자기 눈부신 번개가 쳤다.

그 빛은 마리오스의 마음에 얼마 안 남아있던 불안을 날려버렸다.

한순간 뒤에 귀청을 찢는 폭음.

최대급의 번개가 탑에 떨어져 탑의 붕괴가 시작됐다.

이 탑이 무너지고 잔해더미와 함께 추락하면 '데스'와 '휠·오브·포춘'은 죽는다.

발아래의 바닥에 금이 가고 탑이 서서히 가라앉기 시작했을 때,

"린네."

로스트가 '휠 오브 포춘'의 이름을 불렀다.

"_____."

린네는 무너지는 바닥 위에서 일어섰다. 그녀는 오른손에 든 커터 칼을 딸깍딸깍딸깍 소리를 내며 칼날을 늘였다.

그녀는 웃는 얼굴 그대로 왼팔의 소매를 걷었다.

마리오스는 그 하얀 팔을 보고 숨을 죽였다.

──몇 줄기나 되는 상흔이 있었다.

손목 근처에 아직 피가 흐르는 새로운 상처가 있었다.

그보다 약간 위에 빛나는 칼날을 댔다.

마리오스 속에서 경보가 울려 퍼졌다.

──큰일이다.

뭔지는 모르겠지만 저건 좋지 않다.

린네는 아무런 망설임 없이 커터의 칼날을 미끄러뜨렸다.

선혈이 넘쳐흘렀다.

"……?!"

빨간 물방울이 하늘을 날았고, 다음 순간──,

"어?"

마리오스는 최고 걸작인 마녀 피규어를 손에 쥐고 있었다.

"……?!!!"

틀림없다. 아까 전에 자신의 손으로 파괴한 작품이다.

주위를 둘러보니 그곳은 자신의 아틀리에.

"……무슨──?"

'바벨·타워'로 만들어낸 세상이 사라진 상태였다.

눈앞에는 로스트와 린네 두 사람. 아무렇지도 않게 마루가 깔린 바닥에 서 있었다.

──나는…… 꿈이나 환상이라도 본 건가?

그렇게 생각하려다가 바로 부정했다.

린네의 팔에 난 상처가 두 개 있었고, 거기서 새빨간 피가 흘러 떨어지고 있었다.

로스트가 부드럽게 미소 지었다.

"'바벨·타워'…… 정말로 훌륭한 고유마법이네."

등줄기가 오싹했다.

마리오스는 공포를 느낀다는 걸 알아차리지 못하도록 허세를 부리며 대답했다.

"지금 건…… 네놈이 아니군. 그쪽 여자인가."

"네. 린네의 고유마법 '리바이벌'이에요."

아마도 시간을 되돌리거나 일어난 일을 없었던 일로 만드는 취소기.

마법 발동을 전부 취소당하면 손쓸 도리가 없다.

하지만 그것만으로는 '휠·오브·포춘' 또한 이길 수가 없다.

적의 공격을 취소해도 상대에게 피해를 주지 않는 한 똑같은 짓을 반복하게 된다.

──즉, 그때가 '데스'의 차례라는 건가.

마리오스는 이마에 식은땀이 흘렀다.

로스트의 고유마법이 무엇인지는 모른다. 하지만 '데스' 아르카나를 가진 남자다.

일격에 상대를 죽음으로 몰아넣는 마법일 가능성도 있다.

적당히 이야기를 해서 시간을 벌자. 그 사이에 뭔가 대책을 생각하는 수밖에 없다.

"……그건 그렇고, 마왕 후보 중에 같이 싸우는 녀석이 있을 줄은 몰랐는데."

"그렇지. 마족이 믿는 것은 자기 자신뿐. 그러니 같이 싸운다고 해도 순수한 의미의 동료는 아니야. 서로의 이해가 일치해 잠깐 동안 맺은 임시 동맹관계이려나."

"——그래서 내버려 두면 위험할 것 같은 날 쓰러뜨리러 온 거냐."

"그 반대이려나. 권유하러 왔어."

"……뭐라고?"

"우리들 마왕후보는 각자 특징이 있는 능력을 가지고 있어. 하지만 개성이 강하기 때문에 상성이 좋은 경우도 있는가 하면 나쁜 경우도 있어."

그건 그렇다.

마리오스도 강력한 화력을 가진 상대와는 정면으로 붙을 생각 은 없었다.

"그래서 일단 손을 잡고 각자에게 있어서 상성이 나쁜 상대를 먼저 처리해버리자…… 뭐 이런 취지야."

"상성이…… 나쁘다고?"

마리오스는 비웃듯이 말했다.

"확실히 나에게도 껄끄러운 상대는 있지. 하지만 그건 상대의 전법에 맞췄을 때의 이야기다. 내가 내 방식을 고수하는 한 '바 벨·타워'에 상성은 없어. 그 누구라고 해도 반드시 파멸을 초래 하지. 마법이 마지막까지 실행된다면…… 말이지만."

'리바이벌'의 방해를 받은 게 나름 충격이었는지 그렇게 덧붙 였다.

하지만 로스트는 딱하다는 눈으로 마리오스를 바라봤다.

"그런가. 넌 모르는구나."

"뭐냐…… 로스트라고 했나? 무슨 말을 하고 싶은 거냐."

"타카쿠즈레 마리오스. 너에게는 천적이 있어."

——천적?

"뭐어? 그게 누구라는 거냐. 내 '바벨·타워'는 제대로 먹히면, 설령 상대가 호시가오카 스텔라든 트라이엄프든——."

"'러버즈'의 모리오카 유우토."

러버즈……?

예상 밖의 이름이었다.

"마리오스, 너의 '바벨 타워'는 상대에게 직접 거는 마법이 아니야. 어디까지나 대상의 가장 소중한 것을 파괴하는 능력. 그렇지?"

——이 자식.

마리오스는 대답하지 않았다.

"하지만 마족에겐 자기 자신 이상으로 소중한 것 따위는 존재하지 않아. 따라서 반드시 상대를 붕괴시키지. 필살필중의 고유마법."

"……."

그 말대로였다.

"게다가 직접적인 저주가 아니라 간접적인 저주야. 그래서 방어가 어렵지. 정말 처치 곤란이야."

"……그래서 상대가 누구든 간에 반드시 죽일 수 있다고. '러버즈'따위는 안중에도 없어. 내 상대가——."

"너, 러버즈가 첫선을 보였을 때 출석 안 했지? 그러니 모르는 거겠지만…… '러버즈'의 마왕후보, 모리오카 유우토는 말이야…… 인간이야.”

마리오스의 눈이 놀라서 크게 뜨였다.

“뭣……?!”

“그에게는 아마 자신보다 소중한 것이 있을 거야. 너의 ‘바벨 타워’가 통하지 않는 유일한 상대지.”

인간…… 이라고?!

“아니…… 잠깐, 그럼 상대도 안 될 거다. 나 이외의 누군가가 쓰러뜨리면── 아니, 그보다 보통 마법으로 쓰러뜨리면 된다.”

“하지만 그는 이미 ‘데빌’의 미츠이시 이비자를 쓰러뜨렸는걸? 게다가 마왕 대전의 자격을 잃지는 않았지만 ‘월드’의 아스피테 라인을 사실상 퇴장 상태로 몰아넣었고.”

뭐라고?

“‘데빌’을 쓰러뜨린 게 인간이라는 거냐?!”

“그러니 경계하는 편이 좋다고 조언하는 거야. 이대로라면 네가 마지막까지 남는다고 해도, 최후에 ‘러버즈’가 네 앞을 막아서게 될지도 몰라.”

“……큭.”

죠도가하마 로스트는 온화하게 미소 지으며 오른손을 내밀었다.

“딱히 의무도 책임도 질 필요 없어. 그저 서로를 이용하기만 하는 편안한 마음으로 참가해줬으면 좋겠어.”

“배신할지도 모른다고.”

로스트는 밝게 웃었다.

"당연하지. 그런 생각을 안 하는 마족은 없을걸?"

마리오스는 잠시 생각한 후――,

로스트와 악수를 나눴다.

◇ ◇ ◇

병원에서 나온 우리는 '혼자서 돌아갈 수 있어요, 예요'라고 말하는 레이나를 반쯤 강제로 데려다주기로 했다.

리제르 선배의 리무진의 내부는 넓어서 뒷좌석은 서로 마주보는 형태로 앉을 수 있었다. 진행 방향을 향해 리제르 선배와 레이나가 앉고, 역방향을 향해 미야비와 내가 앉았다.

흘러가는 야경과 레이나의 옆모습을 번갈아 가면서 보고 있으니, 집이 가까워질수록 레이나가 침착함을 잃어가는 것을 잘 알 수 있었다.

이윽고 리무진은 주택지 한구석에서 멈췄다.

리제르 선배도 조금 난처한 표정을 짓고 있었다.

"네가 말한 대로 왔는데…… 정말로 여기서 내려도 괜찮아?"

"네…… 여기가 레이나의 집인 거예요."

리무진에서 내려 눈앞에 서있는 2층 건물을 봤다.

뭐랄까…… 구시대의 향기가 나는 공동주택이었다. 보기에도 얇아 보이는 벽. 바깥에 달린 계단은 녹투성이였고 난간도 삭아서 빠진 곳이 있었다. 전체적으로 누추해서 조금 으슥한 느낌이 들었다.

"본가에서 나와서 자기 방을 받았다고 들었는데…… 이런."

"나도 깜짝 놀랐어…….."

리제르 선배와 미야비도 모르고 있었는지 아연실색하고 있었다.

레이나의 안내를 받아 아파트 부지로 들어갔다. 마당도 딱히 없었고 양쪽에는 키가 큰 맨션이 바싹 들어서서 골짜기 아래에 남겨진 오두막 같았다.

복도라고 부를 수도 없는 콘크리트 바닥을 걸어 늘어선 문 네 개를 지나갔다. 밖에 놓인 세탁기가 방해가 되어 한 줄로 서지 않으면 걸을 수 없었다.

레이나는 가장 끝에 있는 문을 열더니 난처하다는 듯이 웃었다.

"조, 좁은, 좁은 곳이지만…… 들어오세요."

정말 좁았다.

한 평 반 남짓한 단칸방.

모두 자기도 모르게 말을 잃었다. 미야비가 굳은 표정으로 웃으며,

"아, 아하하…… 뭐, 뭔가 엄청 익숙한데~! 나도 얼마 전까지 이런 방에서 살았었지~. 안심이 된다고 해야 할까, 이런 것도 괜찮지~, 아하하~……."

어떻게든 분위기를 좋게 만들려는 마음 씀씀이에서 미야비의 다정함이 배어 나왔다. 하지만 그 마음 씀씀이도 너덜너덜한 다다미 위를 미끄러져 가는 듯했다.

아버지와 어머니의 이야기로는 분명 코이와이 가문은 나름대로 명가였을 텐데…… 설마 미야비와 마찬가지로 누군가의 괴롭힘을 받고 있는 건가?

"저…… 손님용 방석도 없고…… 이불밖에 없는데."

있을 리 없는 접객 도구를 찾아 안절부절 장지문을 여닫고 있었다. 그런 레이나에게 리제르 선배는 천천히 말을 걸었다.

"레이나. 오늘은 자세하게 얘기해주지 않을래? 네가 처한 상황에 대해서."

리제르 선배는 그렇게 말하고 다다미 위에 앉았다. 이 행동은 들을 때까지 돌아가지 않겠다는 의사 표명이리라. 레이나도 단념했는지 그 자리에 무릎을 꿇고 단정하게 앉았다.

나와 미야비도 그 자리에 앉았다. 다다미는 햇볕에 타서 표면도 상해 있었지만 먼지는 없었다. 레이나가 매일 제대로 청소를 하고 있다는 걸 알 수 있었다.

"코이와이 가에는…… 사실은 제대로 된 마족 레이나가 있었어요. 하지만…… 6년 전에 죽고 말았어요. 그래서 아버지와 어머니는 어느 마술사에게 부탁해서 레이나를 만들었다고 했어요…… 예요."

아까 전에 병원에서 이야기해준 레이나가 호문쿨루스라는 사실이다. 하지만 마족 레이나가 있었다── 는 이야기는 처음 들었다. 지금 내 앞에 있는 레이나는 죽은 레이나를 대신해서 만들어진 호문쿨루스라는 건가.

리제르 선배는 험악한 표정으로 팔짱을 꼈다.

"그 마술사가 누군지는 알아?"

레이나는 면목 없다는 듯이 고개를 저었다.

"그래…… 그래서 왜 집을 나와서 여기에 온 거야?"

"……레이나에게는 여동생이 있어요. 호문쿨루스가 아니라 아버지와 어머니 사이에서 태어난 진짜 마족이에요."

난 꺼림칙한 예감이 들었다. 솔직히 이대로 이야기를 듣는 게 괴롭다고 느꼈다.

하지만 이건 레이나가 걸어온 인생이다. '러버즈'의 마왕후보로서 레이나의 모든 것을 받아들일 것이다. 그것이 레이나의 주인인 나의 사명이다.

"그 뒤로 아버지와 어머니는 차츰 레이나를 귀여워해 주지 않게 되었어요. 계속 동생만 봐주고…… 하지만 동생은 정말 귀여워요. 레이나는 어쩔 수 없다고 생각했어요. 레이나는 이제 언니예요. 그 부분은 참아야만 해요. 그래서——."

레이나는 잠시 머뭇거렸다. 하지만 곧 나지막이 말했다.

"그래서 집을 나오는 것도 어쩔 수 없어요……."

"아니…… 그게 무슨 소리야?"

나는 무심코 끼어들었다.

"레이나는 호문쿨루스니까요…… 동생이 코이와이 가문의 상속자가 되는 거예요. 레이나가 집에 있으면 동생과…… 모두의 방해가 돼요."

"……뭐야 그게."

나는 무의식중에 쓴웃음을 지었다.

"부모가 자식을 훼방꾼 취급할 리가 없잖아."

나는 일어서서 리제르 선배에게 말했다.

"지금 레이나의 본가로 가요."

"유우토…… 그건."

뜻밖에도 선배는 주저하는 기색을 보였다.

"이러니저러니 해도 마지막에 편을 들어주는 건 부모잖아요. 동생도 있는데 누나만 이런 곳에 혼자서 있는 건 분명 이상해."

나는 레이나에게 웃음 지어 보였다. 하지만 레이나는 어째서 인지 괴로운 듯한 표정을 지을 뿐이었다.

리제르 선배는 잠시 망설이는 듯한 모습을 보였지만, 곧 일어서서 '잠깐 기다려'라는 말을 남기고 밖으로 나갔다.

5분 정도 지난 뒤, 리제르 선배는 스마트폰을 한 손에 들고 돌아왔다.

"약속을 잡았어. 지금 바로 만날 수 있대. 가자."

◇ ◇ ◇

레이나의 본가는 공동주택에서 차로 한 시간 정도 걸리는 곳에 있었다.

미야비의 집 정도는 아니었지만, 그래도 대저택이었다.

"레이나는 차에 남아있어. 미야비, 부탁할 수 있을까?"

"맡겨두라구!"

라면서, 미야비는 굉장히 큰 가슴을 쿵 쳤다.

요새처럼 튼튼한 문이 자동적으로 좌우로 열렸다. 나와 리제르 선배 둘이서만 그 안으로 들어갔다. 쭉 뻗은 길 끝에 저택의 빛이 보였다. 주위는 숲처럼 나무들에 덮여서 여기만 다른 세상인 것 같았다.

"선배, 왜 제일 중요한 레이나를 안 데려가는 건가요?"

"아마 레이나에게는 들려줄 수 없는 이야기를 하게 될 것 같아서."

"네?"

난 리제르 선배가 무슨 생각을 하고 있는지 전혀 알 수 없었다.

저택에 도착하니 집사처럼 보이는 사람의 안내를 받아 응접실처럼 보이는 방으로 들어갔다. 텔레비전이나 영화에서 볼법한 굉장히 귀족적이고 호화로운 방이었다.

그 방에서 기다리고 있으니, 곧 레이나의 부모님이 찾아왔다.

"기다리게 해서 죄송합니다, 리제르 님. 모처럼 찾아오셨는데 아무런 대접도 못하고……."

마족은 대개 젊어 보이지만, 그중에서도 이 두 사람은 훨씬 더 그랬다.

둘 다 몸집과 키가 나보다 작고 몸이 날씬해서 그런 걸까. 은발에 앳된 얼굴은 레이나와 똑 닮았다.

"아뇨, 저야말로 갑자기 찾아와서 정말 죄송합니다. 이쪽은 '러버즈'의 마왕후보."

"모리오카 유우토입니다."

가볍게 자기소개를 하고 소파에 앉아 마주봤다.

"──그래서 어쩐 일로?"

이야기를 해도 좋은지 의견을 구하듯이 리제르 선배를 바라보니,

"……지금 전 '러버즈'의 퀸으로서 마왕 대전에 참가하고 있습니다."

"네, 알고 있습니다. 다만…… 분명 리제르 님이 마왕 후보가 되실 줄 알았기에 조금…… 뜻밖이긴 했습니다만."

그렇게 말하며 내 쪽으로 힐끗 시선을 보냈다.

역시 내가 마왕 후보가 된 것에 의문…… 아니, 불만을 품고 있는 듯하다. 아마 내가 인간인 것도 그 원인 중 하나일 것이다.

"코이와이 자작의 영애, 레이나 씨도 나이트로서 참가하고 있는 건 알고 계시죠?"

하지만 레이나의 부모님은 놀란 것처럼 서로의 얼굴을 봤다.

"그건 처음 들었습니다. 그렇지만…… 레이나는 이미 6년 전에 죽었습니다."

"아니…… 잠깐만요!"

나는 무의식중에 끼어들었다.

"레이나는 살아있어요! 호문쿨루스일지도 모르지만, 당신들의 딸 아닌가요. 제대로 학교에 다니고, 제 카드로서 힘을 빌려주고 있어요!"

"호문쿨루스는 호문쿨루스입니다. 딸이 아닙니다."

"뭐……?!"

레이나의 부모님은 태연하게 그런 말을 했다.

"딸이 어릴 때 죽은 건 코이와이 가에도, 저에게도 큰 결점입

니다. 외부에서 보면 우리 혈족이 뒤떨어지는 것처럼 보이죠. 그래서 딸과 비슷하게 생긴 호문쿨루스를 만들어 체제를 정비했습니다."

체제…… 라니.

난 레이나의 부모님이 무슨 말을 하고 싶은 건지 이해할 수 없었다.

"하, 하지만 딸의 죽음을 슬퍼했기에 딸을 대신하려고 똑같은 모습의 호문쿨루스를 만들었잖아? 레이나도 딸로서 사랑한 거 아냐?"

레이나의 아버지가 쓸쓸하게 대답했다.

"그렇죠, 그게 더 문제가 되었습니다. 그것은 저희에게 부모의 애정을 요구합니다."

"다, 당연하잖아?! 그게 뭐가 문제라는 거야!"

"애정이 필요하다니. 어찌 됐든 마족으로서는 실패작이죠."

"……!!"

그때 입구의 문이 삐걱거리는 소리를 냈다.

돌아보니, 문틈으로 작은 형체가 얼굴을 내비치고 있었다. 겉모습으로 보면 세, 네 살 정도일까. 레이나와 얼굴이 똑 닮은 귀여운 아이였다.

"……손님, 인가요?"

"아이나!!"

레이나의 아버지가 얼굴을 붉히며 소리쳤다.

"당신! 아이나를!!"

"아, 넷!!"

레이나의 어머니가 서둘러 문으로 달려가서 아이를 안아 올렸다.

그렇게 당황하는 모습은 예사롭지 않았다. 마치 전염병 환자로부터 자신의 아이를 멀리 떼어놓으려는 것 같았다.

"안 돼요, 아이나! 자, 방으로 돌아가요!"

하지만 그 아이는 흥미진진한 눈으로 우리를 바라보고 있었다.

아이나…… 저 아이가 레이나의 동생인가.

레이나의 어머니는 아이나를 데리고 도망치듯이 방에서 나갔다.

나는 아무 말도 못 하고 그 뒷모습을 지켜봤다.

남겨진 레이나의 아버지가 변명하듯이 리제르 선배에게 말했다.

"죄송합니다. 아이나는 지금 감수성이 굉장히 풍부한 시기라서……."

나를 흘끗 째려봤다.

"쓸데없는 영향을 받으면 곤란합니다."

"네. 그건 이해할 수 있습니다…… 하지만 레이나는——."

레이나의 아버지는 그 이름조차 듣고 싶지 않은 듯이 선배의 말을 가로막으면서 말했다.

"그렇기 때문에! 그것처럼 부모의 애정을 요구하게 되면 곤란합니다!!"

나는 그만 참지 못하고 끼어들었다.

"하, 하지만! 그건 생물이니까 자연스러운 거잖아? 왜 곤란한 건데? 왜 레이나를 쫓아내야만 하는 건데?!"

"마족에게 필요한 것은 이해와 타산. 그것은 부모자식 사이에도 마찬가지."

"뭐……."

"애정이 전혀 없다고는 하지 않겠다. 하지만 자기 자신과 일족의 번영이 최우선이다. 아이는 그러기 위한 도구이며, 아이도 부모를 이용한다. 그런 관계 위에서 생기는 정이라면 좋다. 하지만…… 그건 우리에게 대가 없는 사랑을 요구한다. 폐기하는 게 당연하지."

폐기…… 라고?

"무슨 말을 하는 거야…… 부모와 자식은 그런 게 아니잖아……."

레이나의 아버지는 난처하다는 듯이 한숨을 쉬었다.

"역시 인간…… 아무것도 몰라. 이래서는 이번 마왕 대전도 헛되이 끝나겠군요. 그렇다면 더더욱 그것과 코이와이 가는 엮이고 싶지 않습니다. 리제르 님 앞에서 이렇게 말하는 건 실례지만…… 패전이 확정되어 있다면 관여하지 않는 편이 좋습니다."

그리고 사리분별 못하는 아이를 타이르는 듯한 얼굴로 나를 봤다.

"마족은 인간과는 다르다. 부모와 자식이라고 해도 이해관계에 근거를 둔다. 부모는 아이가 자신과 집안에 이익을 가져올 것을 기대하고, 아이는 부모에게 자신에 대한 투자를 기대한다."

"그건…… 인간도 어느 정도는 그런 면이 있어. 하지만 그것만으로는——."

"그것뿐이다. 그 외에는 아무것도 없다."

"······?!"

레이나의 아버지는 다시 리제르 선배에게 머리를 숙였다.

"저희가 제작한 호문쿨루스가 신세를 지고 있는 것에 대해서는 정말 죄송하게 생각하고 있습니다. 하지만 그것은 이미 폐기가 끝난 물건입니다. 더는 본 가문과는 아무런 연관이 없습니다. 그만 물러나 주십시오."

더는 말을 붙일 수가 없었다.

나는 패배감에 휩싸여 저택을 뒤로했다.

레이나에게······ 뭐라고 해야 할까.

무거운 발걸음으로 문으로 향하는 내 등에 리제르 선배가 상냥하게 말을 걸어줬다.

"유우토······ 쇼크였을지도 모르겠지만, 마족에게는 저게 보통이야."

나는 멈춰 서서 선배를 돌아봤다.

"선배도 부모님과는 저런······ 관계인가요?"

"그렇네. 히메가미 가는 더 드라이해."

"그럴 수가······."

나는 레이나의 어머니가 황급히 아이나를 나에게서 멀리 떼어놓은 것을 떠올렸다.

"하지만 아이가 인간에게 접근하지 못하게 할 정도로 싫어한다면······ 지금 레이나가 미움 받는 것도······ 그것과 비슷하겠군요."

"유우토 입장에서는 슬픈 일일지도 모르지만, 마족에게는 저게 평범한 반응이야. 특히 저 나이대의 아이는 인간과 접촉하면…… 영향을 받기 쉬워."

"……영향?"

"그래. 악마다운 가치관 형성에 지장이 생겨. 그래서 유우토에게 접근하지 못하게 하고 싶었던 거지. 레이나를 집에 두고 싶어 하지 않는 것도 같은 이유야."

조금 이해가 안 되지만…… 인간도 어린 아이는 주위 환경에서 여러 가지를 배운다. 그것이 그 아이에게 큰 영향을 끼친다. 마족도 그런 걸까?

"그러니까 유우토가 나쁜 게 아니야. 저게 평범한…… 지극히 일반적인 대응이야."

"……알겠어요. 그렇다면…… 레이나는 왜 부모의 애정을 요구하게 된 걸까요?"

"그렇네…… 왜 레이나가 부모의 사랑을 요구하게 되었는지 모르겠지만…… 아마 레이나를 만든 마술사가 실패했거나, 아니면 의도적으로 그렇게 만들었거나 둘 중 하나겠네."

그건 멋진 일인 것처럼 느껴졌다. 하지만 마족 사회에서는 결과적으로 그런 성질이 레이나를 불행하게 만들고 말았다.

아니── 레이나의 부모님의 모습을 보면 원래 레이나는 다음 아이가 생길 때까지의 틈을 메울 물건에 지나지 않았다. 늦든 빠르든 쫓겨났을 것이다.

"그래도…… 이걸로 확실해진 것이 있어요."

"맞아. 레이나의 핵이 필요로 하는 에너지는 '부모님의 사랑'."

그리고 지금 절대로 그것을 얻을 수 없다는 것을 알고 말았다.

우리가 차로 돌아가니 레이나는 고개를 숙이고 몸을 굳히고 기다리고 있었다. 마치 사형선고를 기다리는 죄수 같았다.

다시 뒷좌석에 마주 보고 앉았다. 어떻게 말문을 열면 좋을지 몰라 입을 다물고 있으니.

"역시 레이나는 필요 없다는 말을…… 들었죠?"

"그렇지는——."

그 뒤의 말이 이어지지 않았다.

레이나는 오히려 말문이 막힌 나를 위로하듯이 눈을 가늘게 뜨며 미소 지었다.

"괜찮아요. 레이나는 이상한 아이예요. 사람이 좋아해줬으면, 사랑해줬으면 좋겠다고 생각하고 말아요. 아버지와 어머니가 질색하는 것도 무리가 아니에요. 동생의 교육에 나쁘다고 말하는 것도 당연하다고 생각해요, 예요."

"레이나……."

리제르 선배도 마치 자기 일인 것처럼 괴로운 표정을 지었다.

미야비도 어떻게든 기운을 북돋워 주고 싶은지 뭔가 말하려다가 그만두는 동작을 반복했고, 그럴 때마다 온갖 표정을 지었다.

레이나는 그런 우리를 바라보며 미소 지었다.

"그래서 레이나는…… 유우토 씨의 카드가 되었어요."

"어?"

나도 모르게 되물었다.

"'러버즈'라면 레이나도 좋아해 줄지도 모른다고…… 그렇게 생각했어요. 그렇게 마왕 대전에서 활약하면…… 아버지와 어머니도 레이나를 귀여워해 주지 않을까 하고 생각했어요. 예요."

그리고 고개를 살짝 갸우뚱하며 미소 지었다.

"그런 일은, 있을 수가 없는데…… 말이에요."

눈동자 끄트머리에 눈물이 반짝이고 있었다.

정신 차려, 모리오카 유우토.

넌 레이나의 주인이잖아. 권속인 카드도 구해주지 못하는데 뭐가 '러버즈'의 마왕 후보냐.

하지만 나에게는 수단이 없었다.

레이나에게 부모님의 사랑을 줄 수 없다.

어떻게 하면 좋을까.

이번에는 아무래도 리제르 선배도 어쩔 도리가 없었다. 미야비도 그렇다.

이대로 레이나의 몸이 붕괴하는 걸 가만히 보고 있을 수밖에 없는가.

레이나에게 부모님과 다름없는 애정을 쏟아주는 사람이 있다면…….

누군가.

————.

딱 한 명, 짚이는 사람이 있었다.

"리제르 선배…… 차 출발하세요."

"그러네, 이렇게 있어도 방법이 없지. 일단 팰리스로 돌아가서──."

"──저의 집에 가주실 수 있나요?"

◇ ◇ ◇

집으로 돌아온 나는 선배와 모두를 내 방으로 안내하고 잠시
기다리게 했다.

그리고 그사이에 거실에서 어머니와 아버지에게 레이나의 사
정을 이야기했다.

두 분 다 조용히 듣고 있었는데, 이야기가 진행됨에 따라서
아버지는 눈물지으며 눈가를 몇 번이고 닦았다. 그리고 어머니
는…… 표정이 점점 험악해져 갔다.

필사적으로 화를 참고 있는 것 같았는데, 다 감추지는 못했다.
분노의 불꽃이 어머니 주위에서 일렁이는 듯한 느낌이 들었다.

솔직히…… 이렇게 무서운 어머니는 처음 봤다.

"──이렇게 됐어. 그래서──."

"유우."

어머니가 분노를 머금은 목소리로 내 말을 막았다.

"얘기는 끝났어?"

"어, 어어…… 하지만 난 어떻게 하면 좋을지 몰라서. 엄마랑
아빠랑 상담하고 싶어서──."

어머니의 눈빛이 한층 더 날카로워져서 나도 모르게 입을 다
물었다.

그리고 어머니는 반론을 허락하지 않는 단호한 말투로 딱 잘라 말했다.

"레이나는 우리 집에서 거둡니다."

"어…….."

"오늘부터 우리 집 아이입니다."

"……하, 하지만."

어머니는 눈을 부릅뜨고 호통치듯이 말했다.

"누가 뭐라고 해도!!"

지금까지 레이나를 대하던 태도를 보면 어머니는 레이나를 마음에 들어 하는 게 분명하다고 생각하고 있었다.

그렇다면 모성적인 애정을 쏟아줄지도 모른다, 그런 정도로만 생각하고 데리고 온 것이었다.

설마 느닷없이 양자로 들인다는 말을 할 줄은 몰랐다.

물론 나도 이견은 없지만——,

"……괘, 괜찮아?"

쭈뼛거리며 물어보니,

"잠깐만, 여보."

아버지가 끼어들었다.

그야 그럴 것이다. 호문쿨루스라고 해도 인간과 똑같다. 가족이 한 명 늘어나게 된다. 그렇게 쉽게 판단할 수 있는 문제가 아닐 것이다.

아버지 입장에서도 마음의 준비라던가 해결해야만 하는 문제 같은 것이——,

"우리 딸로 삼는 건 찬성이지만, 레이나의 마음도 생각해야지."

이미 결정했어?!

"아…… 그, 그런가. 그렇네. 너무 흥분 했나 봐. 미안해……."

어머니는 머리를 쓸어올리고 심호흡했다. 귀신같은 얼굴이 평소의 표정으로 돌아왔다.

아버지는 생각에 잠긴 듯 턱을 쓰다듬었다.

"어떻게 우리 집 아이가 되도록 수긍하게 만드느냐……."

생각을 듣는다기보다는 완전히 설득 모드다!

"이봐, 유우토. 레이나는 우리를 어떻게 생각하고 있을까?"

"적어도 호감을 가지고 있지 않을까…… 특히 엄마한테는."

어머니는 의기양양한 표정으로 가슴을 폈다. 왠지 얼굴이 쨍~하고 빛나는 듯했다. 한편, 아버지는 '졌다……'라는 표정으로 어깨를 축 늘어뜨렸다.

"그래서 유우는 어떻게 생각해? 레이나가 여동생이 되는 거."

"여……."

여동생?!

"그런가…… 그런 거지……."

새삼스럽게 여동생이라는 단어를 들으니 받는 인상이 달라졌다.

여동생—— 이 얼마나 놀라운 파워 워드인가!!

"왠지…… 두근거리기 시작했어."

"우연이네. 아빠도 그래."

그런 남자 둘을 수상하다는 듯이 쳐다보는 어머니.

"……미리 말해두겠는데, 라이트노벨의 여동생 장르, 딸 장르랑은 다르다구요."

이렇게 못을 박았다.

"문제는 어떻게 말을 꺼내느냐인데…… 지금은 충격을 받았을 테니까 약간 시간을 두고 말하는 편이 좋을까? 우리 애가 되지 않을래──?"

덜컹하는 소리에 뒤돌아보니,

거실 입구에 쟁반을 든 레이나가 서 있었다.

"……?!"

들었나?!

"저, 저기 저기, 레이나는…… 컵을 정리하러……."

그 표정에서는 뚜렷한 동요를 볼 수 있었다.

"아, 어어, 고마워. 고생스러울 건데, 미안해! 마실 거 더 필요해?"

어머니가 일어나서 쟁반을 받았다.

"아, 아뇨…… 괜찮아요…… 예요."

시선을 맞추려 하지 않는 레이나를 본 어머니는 눈살을 찌푸렸다.

"있잖아, 레이나. 우리는──."

"!"

레이나는 발길을 돌려 거실을 뛰쳐나갔다.

"레이나?!"

그리고 2층이 아니라 현관 있는 곳으로 향했다.

나도 서둘러 뒤를 쫓았다.

현관에서 신발을 아무렇게나 신고 밖으로 나가니 이미 레이나의 모습은 없었다.

"……!"

그대로 열려 있는 문까지 가서 앞에 있는 도로를 살펴봤지만 그럴듯한 사람의 모습은 찾지 못했다.

어디로 가버린 거지…….

어두운 생각을 하며 시선을 떨어뜨리니,

"아."

문 바로 옆에 무릎을 안고 앉은 레이나가 있었다.

"……레이나?"

불러봐도 레이나는 가만히 땅을 바라보고 있었다. 나는 옆에 웅크리고 앉아 레이나에게 말을 걸었다.

"레이나, 집으로 돌아가자."

"돌아가…….."

레이나는 두려워하는 모습으로 나를 올려다봤다.

"레이나가 돌아갈 곳은…… 여기인가요?"

나는 한순간 대답하지 못했다. 그렇다고 말하고 싶었다. 하지만 그건 친부모인 코이와이 가와의 단절 또한 의미한다.

"레이나…… 말을 잘 할 수 있을지는 모르겠지만, 나는."

"레이나 찾았어?!"

어머니가 힘차게 뛰쳐나오더니 레이나를 보자마자 어머니도 웅크리고 앉아 레이나를 안았다.

"아앙, 정마알. 갑자기 뛰쳐나가면 안 돼! 걱정되잖아!"

"걱정…… 레이나를."

"당연하잖아. 그야…… 레이나잖아! 걱정하는 게 당연하지!"

"어째서, 그렇게……."

"그건 내가 레이나를 좋아하기 때문이야."

"좋……?!"

놀란 눈으로 어머니를 올려다보는 레이나.

어머니는 그 눈동자를 보며,

"미안하지만 난 이미 레이나를 내 딸이라 생각하고 있어."

라며 솔직하게 전했다.

레이나는 당황한 것처럼 시선을 이리저리 돌렸다.

"하지만 레이나…… 모두에게 아무런 이익도 못 줘요. 그냥 민폐예요."

"이익이라니……."

어머니는 그만 말을 잃었지만, 입을 꾹 닫고는 레이나의 손을 잡았다.

"이익이라던가, 민폐라던가, 상관없어."

"하지만……."

"마족 세상의 상식은 나도 알고 있어. 하지만 난 인간이니까 상관없어."

레이나의 눈에서는 당장이라도 눈물이 넘쳐흐를 것만 같았다.

"얘, 레이나. 우리 집 아이가 되는 건 싫어?"

"……."

"레이나는 마족으로 자랐지. 인간의 아이가 되는 건 내키지 않을 거야."

"아, 아뇨! 그렇지는———."

황급히 소리 높여 말하고 매달리는 듯한 눈으로 어머니를 바라봤다.

"레이나는 나 좋아해?"

레이나는 볼을 살짝 물들이며 조심스럽게 끄덕였다.

"그렇구나. 조금은 좋아해 주고 있었구나~."

하지만 이번에는 고개를 붕붕 저었다.

"어라? 역시 안 좋아해?"

"……조금이, 아니에요."

부끄러운 듯이 작은 목소리로 중얼거렸다.

"……엄청, 이에요."

그 파괴력에 어머니는 녹아내릴 듯한 미소를 지었다.

어머니가 폭주하는 것을 멈추듯이 아버지가 에헴 하고 헛기침을 했다.

"아~, 여기선 좀 뭐하니까. 일단 집으로 들어가요."

레이나가 '정말로 괜찮아?'라고 물어보는 듯한 시선으로 아버지를 올려다봤다.

"바로 대답하지 않아도 괜찮아. 당분간 우리 집에 머물러줄 순 없겠니? 같이 살아보고…… 결론은 그다음에 내도 늦지 않아."

"……네."

레이나가 조심스럽게 고개를 끄덕여서 우리는 레이나를 안듯이 하여 집으로 돌아왔다.

그리고 나는 방으로 돌아와서 선배와 미야비에게 일의 경과를 보고했다.

"으에에에에?! 갑자기 양자?! 쿠우우우우우우웅 이라는 느낌이야!"

"역시 유우토의 부모님이네……."

선배도 감탄 반, 기막힘 반이라는 말투로 말했다.

"그럼 오늘은 유우토의 부모님께 맡기고 우리는 이만 갈까."

둘은 집의 결계를 확인하고 집으로 돌아갔다.

리제르 선배는 집 근처에 부하를 배치해둔다고 했으니 무슨 일이 있어도 안심할 수 있을 것이다.

아무튼 지금 레이나를 싸우게 할 수는 없다. 무리하면 최악의 경우에는 죽을지도 모른다.

사실은 당장 어머니와 레이나를 '커팅·커넥트'로 접속해서 어머니의 애정을 레이나에게 직접 부어 넣을 수 있게 하고 싶었지만…… 지금 상태로는 아직 어려울지도 모른다.

어머니는 몰라도 레이나의 마음의 준비가 안 되어 있다.

아버지의 말대로 시간이 조금 걸릴지도 모른다. 아무튼 지금은 위로해줘야 한다. 그리고 나는 오빠로서 여동생을 돌봐줘야 한다.

오빠로서…… 여동생을 돌본다.

……왠지 신나는데.

리제르 선배의 차를 배웅하고 집으로 들어가니, 역시 아버지도 신났는지 레이나에게 계속해서 말을 걸고 있었다.

"뭐 필요한 것이나 갖고 싶은 건 없어? 아빠가 뭐든 사줄게!"

아버지. 말투, 말투.

"저, 저기 저기, 괜찮아요…… 죄송해요, 신경 써주셔서."

레이나는 난처한 듯이 웃으며 아버지를 상대하고 있었다.

"무슨 소리냐. 체험 기간이라고 해도 우리 집에서 생활하는 이상 딸과 마찬가지! 나를 아버지라고 불러도 된다구? 아니! 역시 아빠라고 부르는 게 나으려나!"

"아빠…… 너무 들떴어. 기쁜 건 이해하지만."

내가 이야기에 끼어드니 레이나는 약간 안도한 듯했다.

"유우토, 뭐라고? 넌 기쁘지 않은 거냐?"

"당연히 기쁘지! 완전 신나서 날아갈 것 같아서 큰일이라니깐! 필사적으로 중력을 이용하고 있는 걸 모르겠어?!"

"아빠는 지구의 인력권 따위는 이미 벗어났다고! 이 애송이가!!"

"자랑 아니거든! 왜 지구에 있는 거야?!"

"우주를 일주하고 돌아왔다!"

"우주의 끝의 구조가 밝혀지는 건가?!"

"그렇지만 딸이라고! 여자아이라고?! 아빠는…… 아빠는, 몇 번을…… 꿈에…… 웃."

갑자기 눈시울을 누르며 오열을 터뜨리기 시작했── 아니, 진짜로 우는 거야?!

"나, 나도 말이야! 몇 번이나 라이트노벨을 읽고 여동생이 있는 생활을 동경해왔는지 알아? 그런 꿈같은 생활이 갑자기 시작

된다고?! 이런데 들뜨지 않을 수가 없지!! 갑자기 여동생이 생기다니, 그런 건 판타지잖아?!"

"야! 거기 남자 둘!! 레이나를 곤란하게 하지 마!"

부엌에서 나온 어머니에게 혼났다. 그건 그렇고, 식칼은 부엌에 두고 와요. 진짜로 무서우니까.

"후, 후후훗."

레이나가 입에 손을 대고 어깨를 떨고 있었다.

"더, 더는…… 못 참아, 아하하하하하하하하하하하하."

우리는 어리둥절하여 폭소하는 레이나를 바라봤다.

"두, 두 분 다, 이상해요, 예요! 후후후후."

나와 아버지는 얼굴을 마주 보며 쓴웃음을 지었고, 어머니는 '이거야 원'이라고 말하고 싶어 하는 듯한 미묘한 웃음을 보였다.

"자, 저녁밥이 다 됐어. 얼른 자리에 앉으렴."

오오…… 오늘은 반찬 수가 한층 더 많다.

밥, 된장국, 돼지고기 양념구이, 소고기 생강 조림, 고등어 된장조림, 전갱이 튀김, 새우와 아보카도 샐러드, 시금치 무침, 절임, 명란젓, 병조림…… 등등.

"오늘은 배고플 거라고 생각해서 많이 만들어버렸으니까! 다 먹을 수 있는지 엄마랑 승부하는 거야!!"

"좋아! 받아들이지! 레이나도 괜찮지?!"

"여, 열심히 할게요, 예요."

테이블에는 평소에도 의자가 네 개 있었다. 평소에는 아무도 앉지 않는 내 옆에 오늘은 레이나가 앉아있다.

"그럼~ 잘 먹겠습니다!"

""잘 먹겠습니다.""

"자, 잘 먹겠습니다, 예요."

어머니의 뒤를 이어서 '잘 먹겠습니다'라고 말하고 눈앞의 요리에 열중했다.

확실히 배가 고팠다.

어쨌든 체육대회에, 그 뒤에는 레이나 일로 병원에 가고, 본가도 들리는 바람에 엄청 바빴다. 그래서인지 평소에 저녁을 먹는 시간보다 상당히 늦어지기도 했고.

하지만 저녁 식사를 하면서도 대화는 빼놓을 수 없다. 화제는 오늘 있었던 일이나 마침 텔레비전에서 하는 뉴스 이야기 등, 여러 가지다.

"이야~ 그래도 오늘 유우토는 꽤나 열심히 했지. 실격하긴 했지만 MVP잖아!"

"그러게~. 그리고 치어리더 애들 귀여웠지~. 나도 하고 싶었어!"

"오, 당분간 날씨는 맑을 것 같네."

라며, 잡다한 화제가 이어진다.

"레이나도 중등부 체육대회 때 응원하러 갈게!"

"그, 그런…… 네."

"그리고 보니, 레이나의 생활 용품은 어떡할 거야?"

"내일 같이 사러 가자! 그래, 다 같이 쇼핑하자!"

"네, 네……."

레이나의 먹는 속도가 점점 느려지기 시작했다. 끝내 손이 완전히 멈췄고, 밥그릇과 젓가락을 든 채로 가만히 대각선 앞을 바라봤다.

"어라? 왜 그래? 별로 맛없어?"

"레이나?"

그 눈동자에서 눈물이 뚝뚝 떨어졌다.

"맛…… 있어요. 예요."

어머니와 아버지도 놀라서 레이나에게 달려왔다.

"왜 그래? 레이나."

"어디 아파? 마음에 걸리는 게 있으면 뭐든 말해도 된단다?"

레이나는 밥그릇과 젓가락을 놓고 얼굴을 가리고 울기 시작했다.

"그렇지만…… 이렇게나 맛있어요, 따뜻해요…….."

어머니와 아버지도 놀란 표정을 지었다.

"가족, 다 같이…… 읏…… 우에."

어머니는 가만히 레이나를 안고 등을 부드럽게 토닥여줬다. 그리고 레이나가 진정할 때까지 나와 아버지는 그 모습을 지켜봤다.

◇ ◇ ◇

"저기…… 정말로, 괜찮은가요?"

내 침대에 누운 레이나가 미안한 표정으로 나를 내려다보고 있었다.

"그래. 레이나를 바닥에서 재우는 게 더 싫으니까."

나는 아버지가 한때의 미혹에 이끌려 산 침낭에 들어가 바닥에서 자기로 했다.

공교롭게도 빈방이 없어서 임시로 취한 조치이다. 창고로 쓰고 있는 방을 정리해서, 거기를 레이나의 방으로 삼기로 했다.

"이런 건…… 이런 건 꿈만 같아요."

"호들갑은."

"레이나는…… 레이나는, 누구에게도 사랑받지 못하고 필요하지 않은 줄 알았어요."

"……레이나."

"아버지와 어머니가 귀여워해 준 건 막 태어났을 때뿐이었으니까요."

"그런가……."

"그리고 거리감이 전혀 달라요. 유우토 씨의 집은 모두 사람 사이의 거리가 가까워서…… 그래서일지도 모르겠어요. 여기에 있으면 정말…… 따뜻해요…… 예요."

레이나의 말이 없어지고, 대신 조용한 숨소리가 들려왔다.

그 숨소리를 듣고 나도 묘하게 안심했다.

내일부터는 지금까지 해온 것 이상으로 열심히 해야겠네…… 오빠로 인정받을 수 있도록…….

나도 어느 틈엔가 깊은 잠에 빠져있었다.

◇ ◇ ◇

"……나세요."

누군가가 부르고 있다.

"일어나세요. 아침 먹을 시간이에요, 예요."

고운 목소리. 활기차게 깨우는 어머니의 방식과는 전혀 달랐
다. 대체 누가——,

"아, 일어났어요."

기쁜 듯한 레이나의 얼굴.

"아아…… 안녕. 레이나."

좋구나, 이 평온한 아침. 여동생이 아침에 깨워준다는 비현실
적인 일이 일어나다니.

아, 아직 여동생이 되어준 게 아니었지.

언제까지고 누워있으면 칠칠치 못하지! 이런 사람이 오빠가
되는 건 싫다는 말을 들으면 몸을 가눌 수 없을 것이다.

나는 침낭에서 기어 나와 상체를 일으켰다.

"옷 갈아입으면 바로 아래로 갈게."

"네, 알겠습니다."

레이나는 문까지 가서 걸음을 멈추더니 주저하는 기색을 보였
다.

"응? 왜 그래?"

"아뇨…… 그럼, 먼저 가 있을게요…… 오빠."

——어,

레이나는 얼굴을 새빨갛게 붉히더니 도망치듯이 계단을 내려
갔다.

지금, 오빠…… 라고, 불렸다.

──그렇다는 건?!

햣호오오우우우우우우우우우우!!

마음속으로 이상한 소리를 지르면서 벌떡 일어섰다.

이러고 있을 순 없다. 나는 서둘러 잠옷을 벗고 2층의 세면대
에서 세수하고 교복 바지와 셔츠를 입었다. 발소리를 내며 1층
으로 내려갔다.

내려가니 마침 레이나가 테이블에 아침을 다 차려놓은 참이었
다.

자리에 앉아 '잘 먹겠습니다'라고 말하고 잠시 후──,

"레이나. 오늘 학교 마치면 같이 쇼핑하러 갈까? 어딘가에서
만나서."

"아, 넷. 그럼…… 학교 마치면 전화할게요…… 어…….."

레이나는 긴장한 얼굴로 대답했다. 그리고 다음 한마디를 할
지 망설이고 있었다.

"어?"

어머니는 이상하다는 표정으로 고개를 갸웃했다.

나는 마음속으로 힘내라! 라며 응원했다.

그 마음이 전해졌는지 어떤지는 모른다. 하지만──,

"……엄마."

레이나는 결심하고 자신의 마음을 전했다.

어머니가 굳었다.

"……아."

어머니는 눈물이 그렁그렁한 눈을 쓱쓱 비볐다. 그리고 해바라기처럼 웃으면서 대답했다.

"응! 엄마가 레이나가 전화하는 거 기다릴게!"

그리고 레이나는 아버지에게 시선을 옮기고.

"저기…… 일을 마치고 돌아오면, 또 이야기 들려주세요, 예요…… 아빠."

아버지는 번개를 맞은 것처럼 몸을 떨었다.

"그, 그래…… 간단한 일이지."

아버지도 눈물을 글썽였다.

"아아! 아빠는 왠지 일이 엄청 하고 싶어졌어! 좋~아, 팍팍 일할 거다!! 성과를 올리면서 정시퇴근을 노린다!!"

"갑자기 왜 그래. 당신 이상해."

아침의 식탁이 웃음소리에 감싸였다.

뭘까. 지금까지도 식탁은 즐거웠지만, 전보다 더 즐거웠다.

나는 레이나를 바라보며 마음속으로 생각했다.

──고마워, 레이나. 가족이 되어줘서.

마왕학원의
반역자

　레이나가 가족이 된다는 것을 받아들인 후, 나는 '커팅·커텍트'로 어머니와 레이나 사이에 마술적인 회선을 연결했다.

　이제 어머니의 애정이 에너지라는 형태로 레이나에게 전달될 것이다. 실제로 그 성과는 뛰어나서, 레이나가 말하길──,

　"대, 대단해요. 뭔가 힘이 넘치는 것 같고, 왠지 개운해서 엄청 기운이 나요! 어쩐지 무서울 정도라서…… 몸이 조금 뜨거워요…… 어라, 왠지 머리가 어질어질한데……."

　"레이나?!"

　나는 비틀거리는 레이나를 안고 서둘러 회선을 끊었다.

　──어머니의 사랑이 너무 과해서 위험하다.

　회선을 가늘게 만드는 것으로 어떻게든 딱 좋은 정도로 수습되었다.

　어쨌든 이걸로 레이나의 에너지 공급에 대한 어림이 잡혔다. 하지만 이건 어디까지나 응급처치다.

　서둘러 새로운 핵을 준비해야 한다.

　점심시간에 바로 리제르 선배와 미야비에게 보고했다.

　학생 식당에서 점심을 먹으면서 회의.

　오늘 아침에 있었던 일을 이야기하자 둘 다 눈물을 글썽였다.

　"──그랬구나…… 잘됐네. 레이나도 드디어 가족을 찾았구나."

"저, 정말…… 잘됐어어…… 찡~해."

미야비는 코를 훌쩍이면서 눈물을 닦았다.

"네, 덕분에…… 아직 어색하지만 조만간 서로 익숙해질 거예요."

"그렇네, 하지만——."

리제르 선배는 걱정거리라도 있는 것처럼 입가를 가렸다.

"왜 그러세요?"

라고 묻고는 자기 자신에게 딴지를 걸었다.

난 바보인가.

당연히 레이나의 핵에 관한 문제겠지.

"유우토랑 한 지붕 아래에서 사는 거지…… 부러워."

어?! 그쪽이야?!

"무, 무슨 소리를 하는 거예요, 선배."

미야비도 눈물을 딱 그치고,

"그렇네! 잘 생각해보니까 쿵~! 뭔가 치사해!"

"치사하다든가 하는 그런 문제가…….”

미야비는 뭔가 떠올린 것처럼 환한 표정을 지었다.

"그래~! 나도 같이 살면 되잖아!!"

"뭐?! 잠깐 잠깐! 우리 집은 미야비네 집 같은 저택이 아니라고!"

"그럼 유우토가 우리 집에 오는 건 어때?!"

"얘…… 적당히 해, 미야비."

선배가 폭주하는 미야비를 나무랐다. 역시 리제르 선배, 냉정하다.

"유우토의 집을 증축한다는 방법도 있어."

저…… 전혀 냉정하지 않아?!

"그, 그보다…… 지금은 레이나의 핵을 어떻게 할지 얘기해야 하지 않나요?"

조심스럽게 제안하니, 리제르 선배는 볼을 살짝 물들이고 에헴 하고 헛기침을 했다.

"자, 잘 생각해뒀어. 오늘 밤에 의식을 행할 테니까…… 시간 비워둬."

"의식…… 말인가요?"

"그래. 히메가미 가에 전해지는 마법석을 정제하는 의식이야."

◇ ◇ ◇

그날 밤, 우리는 리제르 선배의 차로 어떤 장소로 향했다.

그곳은 오늘 밤 행할 의식에 가장 적합한 장소라고 한다.

"여기서…… 말인가요?"

눈앞에 우뚝 솟은 것은 성—— 으로 보이는 건물. 화려한 네온 사인이 커다랗게 반짝이고 있었다. 소위 연인들이 사랑의 행위를 하는 호텔.

미야비도 볼을 빨갛게 물들이고 입구에 게시된 휴식, 숙박 ~ 엔 이라 적힌 가격표를 바라봤다.

"아, 아하하…… 선배, 꽤나 대담하네."

그렇게 중얼거리더니 기대와 불안이 뒤섞인 눈으로 날 올려다봤다.

"오, 오늘…… 처음으로…… 해버릴래?"

"어…… 그, 그건."

내 얼굴도 분명 빨개져 있을 것이다. 볼이 뜨거우니 안 봐도 알 수 있었다.

"무슨 착각을 하고 있는 거야?"

리제르 선배가 힐끗 쏘아보았다.

"지맥의 흐름과 방위, 오늘의 마력의 흐름, 그리고 별의 운행을 보고 이곳이 제일이라고 판단했어."

"그렇구나…… 잘은 모르겠지만 그야말로 마술이라는 느낌이네요. 그건 그렇고 마족도 별자리 운세 같은 걸 신경 쓰는군요."

"그래…… 분하게도 말이야."

"리제르 선배?"

리제르 선배는 어째서인지 눈살을 찌푸리고 호텔 안으로 들어갔다. 교복을 그대로 입고 있는데 괜찮은가? 하는 불안감이 느껴졌지만, 나와 미야비도 그 뒤를 따라갔다.

자동문이 열리자 아담한 로비가 있었다. 마침 방을 고르고 있는 회사원처럼 보이는 커플과 순서를 기다리는 대학생처럼 보이는 커플이 있었다. 우리가 들어가자 깜짝 놀란 얼굴로 봤다.

우리를 대체 어떻게 생각하고 있을지를 상상하니 너무 부끄러워서 참을 수가 없었다. 순서를 기다리는 사이에도 '이 녀석들 괜찮은가?'라는 분위기가 감돌았다.

그렇다고는 해도 다른 사람에게 상관하고 싶지 않은 곳인지라 두 커플은 방을 고르고는 엘리베이터로 모습을 감췄다.

"그럼…… 여기서 방을 고르는 거지?"

"어라? 선배도 처음이야?"

"당연하잖아? 일단 이용 방법은 조사해왔지만."

새침한 옆얼굴이 살짝 벚꽃색으로 물들어 있었다. 역시 리제르 선배도 부끄러운 거구나. 그렇게 눈치를 채니 시원스럽게 호텔로 들어선 선배가 귀엽게 느껴졌다.

한편, 미야비는 익숙해지기 시작했는지 다른 사람이 없어진 것도 있어서인지 점점 평소의 태도를 되찾고 있었다.

"아! 이 방 예쁘다!! 그렇지만 여기도 뭔가 대단해!!"

"선배, 어느 방으로 해요?"

"……결정적인 게 없어서 곤란하네."

한동안 이것도 아니고 저것도 아니라며 고민하고 있으니, 새로운 커플이 와서 서둘러 적당한 방의 버튼을 눌렀다.

그리고 도망치듯이 엘리베이터로.

"다른 손님들…… 우리를 보고 어떻게 생각했을까?"

"교복을 입은 고등학생 남녀 셋이잖아……."

정말 부도덕한 상상 말곤 할 수 없었다. 고등학생 주제에 많이도 나갔다고 생각했을까?

우리는 동료이자 가족인 레이나를 구하기 위해 왔단 말이다! 라는 변명을 마음속으로 되뇌지 않으면 부끄러워서 견딜 수가 없었다.

4층에서 엘리베이터에서 내려 다른 커플과 마주치지 않기를 빌면서 빠른 걸음으로 복도를 나아가 방으로 들어갔다.

방은 상당히 넓었고 깨끗하다는 느낌이 들었다. 인테리어도 깔끔했지만, 팰리스나 레이나의 본가 같은 곳을 본 뒤라서 경박하게 느껴졌다.

"그럼 우리는 준비하고 있을 테니까. 유우토는 먼저 목욕으로 몸을 깨끗하게 하고 와."

말하는 대로 목욕을 해서 몸을 씻었다. 욕실은 역시 넓어서 욕조에는 세 명 정도 들어갈 수 있을 것 같았다.

……뭔가 소문으로 듣던 러브호텔을 이용하는 순서를 따르고 있어서 싫어도 흥분됐다.

그러고 보니 의식은 어떤 것을 하는 걸까?

나는 망상이 떠오를 때마다 부정하면서 목욕을 끝냈다. 교복이 아닌 목욕 가운을 입으라고 했으니, 그 말대로 했다.

"……오래 기다리셨습니다."

방으로 돌아가니 모습이 확 바뀌어 있었다.

조명은 어둡게 꺼져있었고 양초의 불꽃을 연상케 하는 간접조명이 음란한 분위기를 고조시키고 있었다. 따뜻한 색으로 물든 벽에는 마법진과 마술문자가 그려져 있었다.

그리고 테이블과 의자는 구석으로 옮겨져 있었고 바닥에는 커다란 마법진. 그 사방에는 병에 든 액체, 모래더미, 석판, 금속 파편이 놓여있었다.

"이건…… 뭔가 엄청나네요."

"준비OK야. 그럼 우리도 몸을 깨끗이 할까."

"네~. 그럼, 유우토. 엿보면 안 된다!"

둘이 욕실로 사라졌고 나는 침대 위에 양반다리를 하고 앉았다. 섣불리 마법진 가까이 가서 망치면 별로 좋지 않을 거라 생각한 것이다.

그대로 기다리길 15분. 리제르 선배와 미야비가 욕실에서 나왔다.

"아, 선——."

배스 타월 한 장을 몸에 두르기만 한 모습. 안 그래도 목욕을 마치고 나온 여성은 요염한데, 이 모습은 위험하다.

"그럼 바로 시작할까."

"아, 네."

리제르 선배가 재촉해서 미야비와 함께 바닥에 그려진 마법진 안으로 들어갔다.

어렴풋한 간접조명이 리제르 선배와 미야비의 모습을 더 섹시하게 보여주고 있었다.

"그럼…… 미야비."

"으, 응."

둘은 용기를 쥐어 짜내듯이 몸에 두른 타월을 풀었다.

"……잠깐?!"

어슴푸레한 가운데 둘의 팔다리가 떠올랐다.

요염하다던가 섹시하다던가 하는 그런 수준이 아니었다.

야하다. 음란하다. 에로하다.

나는 말을 잊어버린 것처럼 그저 두 사람의 아름다운 몸을 계속 바라봤다.

두 사람의 야한 모습은 몇 번이나 본 적이 있었지만, 이렇게 바로 정면에서 알몸을 본 적은 없었다.

리제르 선배는 완벽, 몸매가 너무나도 완벽했다. 앞으로 튀어나온 가슴은 아름다운 곡선을 그렸고, 오뚝 솟은 끝부분까지 모든 것이 예술품과 같았다.

가슴이 크게 튀어나온 것과는 대조적으로 배 주변은 쏙 들어가 있었다.

간접조명에 의한 음영이 육체를 한층 더 야하게 연출하고 있었다. 단련된 복근의 존재를 확인할 수 있었지만, 표면은 어디까지나 여성스러우면서 완만한 곡면으로 이루어져 있었다.

그리고 허벅지는 포동포동하여 볼륨감이 있었다. 하지만 다리 자체가 길어서 두껍다는 인상은 없었다. 선배는 종아리를 신경 쓰는 것 같은데, 이쪽도 아름다운 곡선을 그리고 있었다. 어쨌든 양감이 느껴지는 긴 다리는 존재감이 장난 아니었다.

한편 미야비는 리제르 선배에 비하면 전체적으로 살집이 있었다.

살찐 것이 아니라 육감적이라고나 할까. 리제르 선배가 예술적인 완벽함을 지향한다면, 미야비는 남자의 욕망을 실체화한 듯한 육체.

한 손으로 쥘 수 없는 커다란 가슴은 앞으로 튀어나와 필사적으로 중력과 싸우고 있었다. 엉덩이도 뒤로 크게 나와 양쪽 다

빵빵했고 피부도 터질 것처럼 탱탱했다.

몸매가 이런데 살이 찔 때는 가슴과 엉덩이부터 찐다고 하니 두렵다.

기본적으로 체술을 쓰는 미야비는 리제르 선배 이상으로 몸을 단련하고 있는데, 이쪽도 여성스러운 곡선을 유지하고 있었다. 엷게 오른 지방이 그 속에 숨겨진 근육을 감춰서 한눈에 근육이라는 것을 알아차리지 못 하게 했다.

이 두 여체를 앞에 두고 제정신으로 있을 수 있는 남자는 있을 수가 없다.

모든 것을 잊고 두 사람의 몸을 탐닉하고 싶다── 그런 욕구가 머리의 한구석을 스쳐 지나갔다.

이 방의 분위기 때문에 그런 식으로 생각하는 것일지도 모른다.

어딘지 현실감이 없어서 마치 꿈속에 있는 듯했다.

"유우토도. 배스 타월 벗어."

역시, 그렇게 나옵니까…….

솔직히 엄청 부끄러웠다. 하지만 선배와 미야비가 발가벗고 있는데 나만 부끄러워하며 빼는 건 꼴사납다.

나는 각오를 다지고 배스 타월을 벗어 마법진 밖으로 내던졌다.

"……!"

"햣……?!"

둘의 시선이 내 고간으로 쏟아지고 눈이 크게 뜨였다.

……역시 맹렬하게 부끄럽다.

"아……."

"굉장해…… 저렇게……."

둘이 거의 동시에 침을 꼴깍 삼켰다.

"어, 음…… 그래서 지금부터 어떡하면 되나요?"

리제르 선배는 퍼뜩 정신을 처리더니 방구석에 둔 상자를 가지러 갔다.

상자 안에서는 목걸이처럼 체인이 달린 투명한 케이스가 나왔다. 그 안에 검은 돌이 들어있었다.

"이게 마법석의 원석이야. 질 좋은 걸 골랐으니까 호문쿨루스의 핵으로는 충분할 거야."

리제르 선배는 설명을 하면서 그 체인을 내 목에 걸었다.

"'러버즈'의 고유마법 '힐링·러버즈'와 '인피니트·러버즈'의 응용이야. 우리의 마력을 유우토에게 나눠줄게. 유우토는 그 마력에 자신의 마력도 더해서 마법석에 보내는 거야. 중요한 것은 남녀의 마력이 혼합된다는 점이지."

"그렇군요…… 그런데 마력을 보내기만 하면 되나요?"

"그 체인과 케이스에 정제 마술식이 새겨져 있어."

"그렇구나, 그래서 마법석이 정제되는군요…… 그런데 왜 이런 모습으로?"

"그건……."

리제르 선배는 말하기 어려운지 허리를 꾸물꾸물 흔들었다.

"이, 이 의식마법이…… 성마술이기 때문이야."

뭔가 불온한 울림을 가진 단어가 들린 것 같은데…….

"성마술은 무시무시한 힘을 낳아. 지금은 레이나를 위해서고 시간이 아까우니까…… 빠르고 확실하게 정제하려면 이 방법이 제일 좋아."

리제르 선배는 웅크리고 앉더니 바닥에 놓인 상자에서 먹물이 든 병과 붓, 그리고 한 장의 종이를 꺼냈다.

그 종이에는 사람의 정면과 뒷면이 그려져 있었다. 그리고 전신에 문신 같은 문양이 그려져 있었다.

"이 종이에 그려진 문양을 우리 몸에 똑같이 그리는 거야. 그리고 '힐링·러버즈'와 같은 요령으로 성마술의 의식을 행하게 돼."

요컨대 서로에게 바디 페인팅을 그려준다는 건가.

"……알겠어요."

"그럼 우리가 먼저 유우토의 몸에 문양을 그릴게."

리제르 선배와 미야비는 번갈아 가며 붓을 쥐고 내 몸에 문양을 그렸다. 뭔가 애니미즘이라고 해야 할까, 원시적인 종교의식을 행하는 기분이 들었다.

아프리카인가 남미의 어느 나라에 이런 문화를 가진 부족이 있었던 것 같은데.

그건 그렇고, 좀 간지럽다.

나도 모르게 몸을 비튼 순간 미야비가 '아~'라며 소리를 냈다.

"유우토도 참, 부들부들 떨지 마! 제대로 그릴 수가 없잖아!"

"알고는 있지만!"

어떻게든 견디려 했지만 옆구리는 위험하다.

"그럼, 다음은 엉덩이네♪"

"······큭."

왜 그렇게 즐거워 보이는 거냐, 미야비.

"잠깐. 공평하게 반씩 하자."

리제르 선배까지?!

그 후, 정면을 누가 담당하느냐로 한바탕 분쟁이 일어났지만, 선을 하나씩 그리고 교환하는 것으로 합의가 되었다.

"이번엔 내 차례인가······ 그럼 리제르 선배부터."

"부탁할게. 여자의 몸에 문양을 그리는 건 남자가 아니면 안 되니까······ 미야비는 보고 있어."

"네~. 그럼 유우토, 힘내!"

미야비는 잠깐 쉴 생각인지 그 자리에 앉았다.

나는 붓에 먹을 먹이고 그림이 그려진 종이를 한 손에 들고 리제르 선배의 가슴과 마주했다. 새하얗고 티 없는 피부. 그것은 얼룩 하나 없는 순백의 캔버스.

이렇게 아름다운 피부를 더럽혀도 되는가 싶어서 긴장됐다.

하지만 망설여도 답은 나오지 않는다. 마음을 먹고 붓끝을 피부에 댔다.

"앗······."

선배의 입에서 관능적인 한숨이 새어 나왔다.

가능한 한 집중해서 붓을 미끄러뜨렸다.

"응······ 크윽!"

"괜찮아요? 선배?"

"그, 그래…… 괜찮아. 생각보다, 느껴…… 간지럽구나."

가슴팍에서부터 가슴이 부푼 곳에 걸쳐서 선을 그었다. 평평하지 않고 기복이 심해서 의외로 그리기 어려웠다.

리제르 선배도 느끼고 있는지 가늘게 떨고 있었다. 그럴 때마다 커다란 가슴은 출렁하고 흔들렸다. 그 흔들림이 가라앉는 걸 기다렸다가 다시 이어서 했다.

이건 마술 의식이지만, 하는 짓은 리제르 선배의 몸에 낙서를 하는 것이나 마찬가지였다.

리제르 선배를 더럽히고 있다는 배덕감이 이 의식에 이상하리만치 음란함을 부여하고 있었다.

여자의 가슴에 낙서를 한다는 비현실감.

몇 번이나 자기 자신에게 집중하라며 타일렀지만, 끓어오르는 마음이 가슴속에서 한없이 솟아났다.

겨우 가슴의 문양이 끝났다.

핑크색 젖꼭지를 칠하지 않아도 돼서 왠지 모르게 안심했다.

다음은 배쪽으로.

"으응! 하앙♥"

리제르 선배가 몸을 구부러뜨렸다.

"미안해…… 그치만 아무래도 몸이 반응해버려서…….'

"아, 아뇨. 괜찮아요."

그렇지만 선이 꽤나 비뚤어지고 말았다. 이대로 두면 제대로 기능할지 걱정되었다. 나는 세심한 주의를 기울여서 하복부의

문양 그리기에 착수했다.

"응?"

거기에는 이미 하트 모양을 한 문양이 떠올라 있었다.

"그건 '러버즈'의 카드라는 증표. 내가 네 것이라는 증거야."

"그런…… 가요."

이런 곳을 뚫어지게 보는 건 실례라서 못 알아차렸는데……
이건 꽤나 두근두근 하네.

미야비도 똑같을까? 하는 생각에 시선을 돌리니,

"나한테도 있는데?"

라면서 무릎을 꿇은 채로 서서 배 아랫부분을 내밀었다.

거기에는 리제르 선배와 똑같은 하트 모양의 문양이 떠올라
있었다.

"위로 그려도 사라지거나 하진 않으니까 걱정하지 말고 계속
해."

"……아, 네."

계속하라는 재촉을 받아 리제르 선배의 몸에 문양을 계속해서
그렸다. 하지만 우연히도 하복부의 문양을 피하는 형태로 문양
을 그리게 되어 있었다.

아름다운 발에, 허벅지 안쪽에도, 발등에도 그리고 겨우 끝났
다.

리제르 선배는 서있는 것도 힘든지 바닥 위에 주저앉았다.

"괜찮나요? 리제르 선배."

리제르 선배는 어깨로 숨을 쉬면서 땀 때문에 볼에 들러붙은

머리칼을 떼어냈다.

"그, 그래…… 괜찮아. 그럼, 다음은 미야비."

"으, 응. 사, 살살 해주세요…….."

진이 빠진 듯한 리제르 선배를 보고 미야비가 겁을 먹었다.

그리고 리제르 선배 이상으로 간지럼을 타서, 결국엔 바닥에 눕히고 리제르 선배가 양손을 눌러줘서 겨우 완성할 수 있었다.

"하아…… 앙♥ 흐아…… 응♥"

끝났을 때는 미야비는 축 늘어져서 바닥에 그대로 쓰러져 있었다. 황홀한 표정을 짓고 있어서 의식도 몽롱한 것처럼 보였다.

"자 미야비, 정신 차려. 지금부터가 진짜니까."

미야비는 리제르 선배의 부축을 받아 겨우 일어섰다.

"그럼 유우토. '힐링 · 러버즈'를 시작하자."

"네."

난 두 사람의 가슴에 동시에 손을 뻗었다.

"응♥"

"아앙♥"

손을 회전시키듯이 움직이면서 손끝으로 부드럽게 주물렀다.

좌우의 감촉이 전혀 달라 신선한 감동을 느꼈다. 리제르 선배와 미야비의 가슴의 차이를 주물러서 비교한 건 처음이었는데, 이렇게까지 다를 줄은 몰랐다.

"앗, 아아…… 좋아. 그렇게 하는 거야, 유우토."

"끄으으으응♥ 주, 주무르는 방법이, 너, 너무 야해애……♥"

두 사람의 표정이 쾌락에 녹아내리기 시작하자 가슴의 문양이 빛나기 시작했다.

"이건……."

먹물로 그린 선이 빛나기 시작했고, 나를 향해 흘러왔다. 내 몸에 그려진 선을 타고 가슴에 있는 마법석으로 흘러 들어갔다.

새까맣던 마법석의 끝부분이 조금 투명해졌다.

"이대로 계속 하면…… 읏?!"

고간에 천국 같은 쾌감이 느껴졌다.

"후후…… 방심은 금물이라구?"

"에헤헤…… 우리도 적극적으로 할 거다?"

둘의 손가락이 얽혀있었다. 손가락과 손바닥의 감촉이 너무 좋아서 그냥 만지고 있을 뿐인데도 허리가 떨렸다.

"서, 선배, 미야비. 그, 그러면 안 돼. 거길 만지면, 기분이 너무 좋아서…… 한계야."

쥐어 짜내듯이 말하자── 역효과였다.

선배와 미야비의 눈동자가 요망하게 반짝였다.

완전히 발정이 난 얼굴로 내 몸에 몸을 바짝 붙였다. 각자의 개성 있는 감촉을 가진 가슴이 내 몸에 밀려왔다.

"──?!"

둘은 호흡을 맞춰서 손을 움직이기 시작했다.

"괜찮아, 유우토…… 시간은 잔뜩 있으니까♥"

"맞아~. 느끼지 않으면 좋은 마력을 낼 수 없으니까…… 참지 마♥"

나는 두 사람의 몸을 안듯이 하여 커다란 엉덩이를 움켜쥐었다.

"햐앙♥"

"난 거기가, 약햇……♥"

우리는 서로의 쾌감을 쥐어 짜내는 본능만 남은 생물이 되었다.

──그리고 다음 날 아침.

잔뜩 흐트러진 침대 위에서 눈을 떴다. 옆에서는 리제르 선배와 미야비가 아직 색색거리면서 자고 있었다.

마지막은 기억이 잘 안 난다. 하지만 의식은 성공했다.

내 가슴에는 그 증거── 최상의 마법석이 매달려 있었다.

얼룩 한 점 없는 핑크색 보석.

세 명의 마음이 결정을 이룬 그 보석은 넋을 잃을 정도로 아름다웠다.

◇ ◇ ◇

리제르 선배와 미야비와 셋이서 하룻밤을 보내고 우리는 마법석 정제에 성공했다.

문제는 이것을 어떻게 현재의 레이나의 핵과 교환하는가이다.

호문쿨루스의 몸은 그 자체가 마술식 덩어리다. 일부를 없애는 순간에 술식은 붕괴한다. 즉, 레이나가 산산이 부서져서 사라져버리게 된다.

이제부터 어떻게 하면 좋을까?

그런 고민을 시작한 지 사흘째의 방과 후.

나는 어째서인지 간도 바르바토스 교장과 영화를 보고 있었다.

영화관이 아니라 체육관에 프로젝터를 설치해서 만든 즉석 영화관이다. 하지만 역시 마왕학원이다. 프로젝터도 음향 설비도 극장 뺨치게 좋았다. 영상도 소리도 박력이 어마어마했다.

하지만 보고 있는 것은 극장판 애니메이션이다.

"이야~ 역시 디자인이 팬시한 귀여운 여자 아이가 서로 죽고 죽이는 건 뭐라 표현하기 어렵지만 마음이 따뜻해지네~."

이런 말을 하면서 캔맥주를 꿀꺽꿀꺽 마셔서 비웠다.

"그 말에는 동의하기 어렵지만, 확실히 재미있네요. 아, 액션 좋네요!"

체육관을 멋대로 영화관으로 꾸미고 한 손에 맥주를 들고 즐거워하는 교장…… 역시 긴세이 학원, 통칭 마왕학원. 뭐든지 가능하다.

"오! 호무호무가 그걸 한다!"

"시간을 되돌리는 거죠!"

"역시 시간 조작은 능력물의 꽃이지!"

"확실히 그렇네요. 하지만 실제로 그런 게 있으면 무적이겠죠."

"아니~ 시간 조작은 성가시지만, 혼자라면 그렇게 무섭진 않아! 위험한 건, 그 녀석이 누군가와 손을 잡았을 때지——."

반복.

시간 조작…… 이라.

만약 그런 게 가능하다면,

레이나의 시간을 멈출 수 있다면 레이나를 구할 수 있을까?

"응? 어이 어이, 왜 그러는 거야?"

"아, 아뇨…… 저희 나이트가 컨디션이 안 좋아서. 어떻게 도와줄 순 없는지 생각하고 있었어요."

"아~, 카드를 관리하는 것도 해야 할 일 중 하나지!"

"그래서, 저기…… 호문쿨루스의 몸이 붕괴하지 않게 하는 게 가능할까요?"

간도 교장은 '음~' 하고 낮게 신음하면서 팔짱을 꼈다.

"미안하지만, 특정 마왕후보를 편들어 줄 순 없어! 당시에 선생님이 사용하던 아르카나를 이번에 사용하는 녀석에게도 조언은 일절 안 하고 있으니까!"

"그런가요…… 그렇겠죠."

그건 그렇고, 듣고 보니 간도 교장도 지난 마왕 대전에서는 한 명의 마왕 후보였구나.

"간도 교장 선생님은 무슨 마왕 후보였나요?"

이제는 몇 개째인지 모를 캔맥주를 따고는,

"그건 비밀이야☆ 웨히히히."

한쪽 눈을 감고 배시시 웃으면서 캔맥주를 들이켰다.

……왜 지금 유우키 아오이처럼 웃은 거야.

◇ ◇ ◇

건축 중인 고층빌딩이 밝은 달을 등지고 우뚝 서 있었다.

뼈대만 조립된 모습은 마치 건설 중인 바벨탑과 같았다.

달빛에 드러난 골격은 도시의 해골 같기도 했다.

그 해골 안에 여섯 명의 마왕 후보가 모여 있었다.

'휠 · 오브 · 포춘' 시모카즈마 린네.

'타워' 타카쿠즈레 마리오스.

'스트렝스' 산노 리키마루.

'문' 키타카미 루나틱.

'선' 산사 · 서머즈.

그리고── '데스' 죠도가하마 로스트.

"──그래서 우선은 힘을 합쳐서 방해하는 녀석을 배제할까 하는데. 어때?"

"흠~, 그렇구나!"

핫팬츠에 배꼽이 드러난 트레이닝 웨어. 그리고 어깨에는 운동복을 걸치고 있는 여자── '스트렝스'의 마왕후보, 산노 리키마루는 히죽거리며 웃음을 지었다.

"이 리키마루를 적으로 돌리고 싶지 않다는 건 알겠어~."

편하게 움직일 수 있도록 주홍색 머리칼을 사이드 포니테일로 묶고 있었다. 몸이 근육질이라 체지방률이 낮을 것 같지만, 자신만만하게 편 가슴은 신기하게도 컸다.

"아무튼 이 리키마루야말로 최강이지! 왜냐하면 '스트렝스'니까!!"

그렇게 말하면서 과시하듯이 마왕의 아르카나를 앞으로 딱 내밀었다. 여성이 사자를 길들이고 있는 듯한 그림── 즉 '스트렝스' 아르카나.

"그래! 힘이야말로 정의! 힘이야말로 파워!!"

긴세이 학원 2학년 치고는 별로 지성이 느껴지지 않는 발언이었다.

"이거야 원……."

그런 리키마루를 싸늘한 눈으로 바라보는 '문'의 마왕후보 키타카미 루나틱.

은색 머리칼에 우울해 보이는 눈빛. 화장을 한 듯한 얼굴은 호스트나 비주얼계 밴드로밖에 안 보였다.

루나틱도 신분을 증명하는 것처럼 손가락 사이에 끼운 '문' 아르카나를 아니꼬운 태도로 보여줬다. 커다란 달을 두 마리 개와 한 마리 가재가 올려다보는 그림.

보고만 있어도 불안과 광기가 생길 것 같은 괴이함을 지니고 있었다.

루나틱은 그 카드를 품에 넣고는 깔보는 눈빛으로 리키마루를 봤다.

"'스트렝스'의 마왕후보는 뇌까지 근육으로 만들어져 있는 것처럼 보여."

"뭐라고~?! 리키마루는 가장 유력한 후보 중 하나라고! 너처럼 존재감이 희박한 녀석과는 다르다구!!"

루나틱은 비방을 들어도 입가에 미소를 지을 뿐이었다.

"이이익~! 그 바보 취급하는 태도 짜증 나! 제일 먼저 너랑 붙을 거야!!"

리키마루가 싸울 자세를 취하자 남은 한 명이 사이에 끼어들어 왔다.

"자자, 너무 그렇게 흥분하지 말고. 루나도 도발하지 마. 즐겁게 하자구요~♪"

그 소녀도 한 장의 아르카나를 얼굴 옆으로 꺼냈다. 거기에는 커다란 태양과 두 아이가 그려져 있었다.

'선'의 산사 · 서머즈.

루나틱과 같은 학년인 2학년이며 금발에 햇볕에 탄 건강해 보이는 피부. 마치 풀 사이드에라도 있을 법한 스타일에 리조트 느낌이 감돌았다.

이런 모습 그대로 학교를 다닌다고 하니 놀라웠다.

로스트는 산사의 말을 듣고 미소 지었다.

"동맹에 참가해준다── 그렇게 봐도 되지?"

"뭐 그렇지. 원래부터 나랑 루나는 손잡고 있었으니까"

"우와아…… 대단하네. 게다가 태양과 달이라면 궁합도 좋을 것 같고."

"후후후, 난 빛나는 태양이니까. 다른 사람을 밝게 비추는 걸 잘해. 그래서 다른 마왕 후보와도 궁합이 좋아."

"그렇구나. 그건 든든하네."

"하지만 조금 신경 쓰이는 점이 있긴 한데."

"뭐야?"

"너, 학교에서 본 적 없는데…… 몇 학년 몇 반이야?"

산사의 질문에 로스트는 곤란한 듯이 어깨를 으쓱였다.

"사실은 문제를 살짝 일으켜서. 입학 전부터 정학 처분을……."

"뭐야 그거. 좀 웃긴데."

큭큭대며 웃는 산사를 보고 로스트도 눈을 가늘게 뜨며 미소 지었다.

"웃지 마, 부끄러우니까. 나도 불만을 품고 학교에는 한 번도 안 가서 말이야. 그래서 내 반조차 확인을 안 했어. 교복도 안 가지고 있고."

로스트는 이것 좀 보라는 듯이 양손을 펼쳐 보였다.

"하지만 다행인지 불행인지 '데스' 아르카나는 내 손에 있어."

주머니에서 카드를 한 장 꺼내서 보여줬다.

거기에 그려진 것은 낫을 든 해골의 모습. 그 발아래에는 시체가 여기저기에 흩어져 있었다.

틀림없는 '데스' 아르카나였다.

"알겠어. 뭐…… 나도 상성이 나쁜 상대가 있으니까 동맹은 괜찮다고 봐."

라고 말하면서 산사는 빙긋 미소 지었다.

"좋네. 나로서는 내가 바라던 대로 이루어졌어."

로스트도 만족스럽게 웃었고, 이번에는 키타카미 루나틱에게 말을 걸었다.

"너도 괜찮지?"

루나틱은 훗 하고 웃음을 흘렸다.

"산사가 그럴 생각이라면 어쩔 수 없지. 근데…… 괜찮은가? 내가 유리해질 뿐이라고. 결과적으로 너희도 나에게 쓰러질 운명이야."

우수를 담은 눈길로 하늘에 뜬 달을 올려다봤다.

"그렇게 된다면 난 어쩔 수 없다고 생각하고 포기할 생각이야. 넌 카드를 얼마나 가지고 있어?"

"세 명이다."

"의외로 적네."

"난 내가 인정한 아름다움과 힘을 겸비한 자만 부하로 둬. 지금은 퀸과 나이트. 그리고 슈트 카드인 II뿐이다."

"상위와 하위 카드에 차이가 꽤 있네…… 산사는?"

"난 아직 확보 안 했어. 탈락한 후보가 가지고 있던 카드 중에서 좋은 걸 고를 생각이야."

"그렇구나. 그건 그거대로 현명한 방법일지도 모르겠네."

로스트는 태평해 보이는 태도로 고개를 끄덕였다.

"……그러는 넌 어떻지?"

루나틱은 달을 올려다보는 채로 곁눈질하여 로스트를 봤다.

"아아, 나랑 린네도 산사랑 마찬가지로 카드를 안 가지고 있어."

"어머, 의외네."

산사가 고개를 갸웃거렸다.

그때 쓸데없이 기운찬 목소리가 끼어들었다.

"리키마루는 풀 멤버야! 다들 좋은 근육을 가지고 있고 탄탄해!!"

"그거 대단하네. 그렇게 많이 모을 수 있다니."

"응~? 왜?! 마음에 드는 걸 고르면 되잖아!"

"다른 사람과 사귀는 게 서툴러서."

라며 로스트는 어깨를 으쓱였다.

산사는 아까 전부터 조금 떨어진 곳에 서 있는 마리오스에게 시선을 돌렸다.

"──그래서 넌?"

'타워'의 마리오스는 아까부터 로스트 일행이 대화하는 모습을 가만히 보고 있었다.

리키마루, 루나틱, 산사── 이 셋이 마왕후보인 것은 처음부터 알고 있었다.

나름대로 힘은 있지만 '바벨·타워'의 적수는 못 된다. 이렇게 얼굴을 맞대고 마주 보고 있지 않다면 말이지만.

자신은 몸을 숨기고 있어야만 힘을 발휘하는 타입이다. 그러니 이런 식으로 적과 얼굴을 맞대고 있는 건 좋지 않다. 불이익밖에 없다.

만약을 위해 근처 빌딩에 카드를 배치해뒀지만…… 이전에 로스트에게 슈트 카드가 전멸당하고 말았다.

마리오스는 화가 치민다는 말투로 대답했다.

"코트 카드 다섯 명 뿐이다. 누구 덕분에 말이지."

"아아…… 그 일은 정말 미안해."

로스트는 일부러 그러는 것처럼 어깨를 으쓱였다.

"하지만 이 동맹이 분명 벌충이 될 거야."

당연히 그래야지.

마리오스는 가슴속이 부글부글 끓는 것을 필사적으로 억눌렀다.

이 동맹이 슈트 카드의 벌충을 하게 해주겠다── 그래서 불이익밖에 없는 이런 회합에도 찾아왔다.

"아, 그래도 말이야."

산사는 뭔가를 떠올린 것처럼 목소리를 높였다. 데코레이션된 손톱으로 여성스러운 향이 나는 머리칼을 털어냈다.

"그 동맹에 참가하는 데는 한 가지 조건이 있어."

로스트는 생글거리며 대답했다.

"뭐야?"

"첫 타겟은 '스타'의 호시가오카 스텔라로 해줘."

──이 녀석.

마리오스는 불쾌하게 여기며 산사를 째려봤다.

자기에게 방해가 되는 자를 제일 먼저 배제할 셈이다. 그리고 그 뒤에는 끝까지 모르는 척할 것이다── 속이 빤히 보이는 요구다, 빌어먹을 년!

"그렇네요…… 그럼."

"잠깐."

"어라, 마리오스 씨. 뭔가 의견이라도?"

"첫 타겟은 '러버즈'로 해줘."

산사와 리키마루가 노골적으로 '무슨 소리야?'라고 말하는 듯한 표정을 지었다.

"잠깐만, '러버즈'라면 그 인간이지? 첫선을 보일 때 일단 보긴 했는데…… 좀 그렇지?"

"그래! 솔직히 말해서 적수가 아니야!! 리키마루가 볼 때는 아무래도 상관없어!"

"하, 하지만…… '월드'와 '데빌'을 쓰러뜨렸는데?"

이번에는 루나틱이 '훗' 하고 코웃음을 쳤다.

"'월드'는 확실히 강력한 아르카나다. 원래라면 우승후보지만…… 그 아스피테가 가지고 있으면 보물을 손에 들고 썩히는 꼴이지. 데빌 또한 고유마법의 스펙을 자세히 알면 별것 아니야."

"그러니까 '러버즈'를 위협으로 느낀다는 건 이상하다는 거야. 아니면 뭔가 있는 거야?"

"……"

있으니까 말하는 것이다. 하지만 그걸 자세히 말하면 자신의 약점을 드러내게 된다. 동맹이 해제된 순간, 이 녀석들과는 적이 된다. 로스트와 린네에게는 알려지고 말았지만, 정보가 드러나는 건 되도록 억제하고 싶다.

산사는 고개를 갸웃했다.

"오히려 왜 인간이 마왕 후보인가…… 라는 점에는 관심이 있는데?"

로스트는 산사가 중얼거리는 것을 듣고 뭔가 떠올린 것처럼 손을 모았다.

"그럼 '러버즈'도 우리 동맹에 들이는 건 어떨까?"

"뭐라고?!"

마리오스는 자기도 모르게 소리쳤지만, 산사와 리키마루는

'딱히 상관없지 않아?'라며 가볍게 대답했다.

너무 화가 난 나머지 마리오스의 이마에 혈관이 불거졌다.

뭐가 동맹이냐! 내가 할까 보냐!!

마리오스가 불만을 터뜨리기 직전에 로스트가 슥 다가왔다.

"지금은 참아."

"어?"

"저 둘, 무슨 일이 있어도 호시가오카 스텔라를 죽이고 싶은 것 같으니 말이야. 그 조건을 받아들이지 않으면 동맹에 참가해 주지 않을 것 같으니까."

"그딴 건 나하고 상관없어. 난——."

"괜찮잖아. 딱히 '러버즈'와 같은 편이 되라고 하는 게 아니니까."

"……뭐?"

"그러니까——."

로스트는 사람 좋아 보이는 미소를 지었다.

"상대가 마음을 놓고 있는 편이 죽이기 쉽지 않아?"

"이 자식……."

"그리고 '러버즈'에는 히메가미 리제르가 있어. 만만치 않을 거라고. 하지만 동맹관계라면 모리오카 유우토를 혼자로 만들 수 있을지도 모르는데?"

확실히 그렇다.

그냥 인간이라면 '바벨 · 타워'를 쓸 필요도 없다. 간단히 짓눌러 죽일 수 있다.

"⋯⋯알았다. 그렇게 하지."

마리오스가 동의하여 새로운 권유 활동을 하는 것으로 결정되었다.

그리고 이 동맹의 최초의 제물 또한 정해졌다.

트라이엄프를 제외한 신규 참가자 중에서 최강이라는 소문이 자자한 마왕 후보.

'스타'의 호시가오카 스텔라다.

◇ ◇ ◇

"오빠. 오빠, 일어나세요."

몸이 천천히 흔들렸다.

여동생이 깨워준다―― 이 얼마나 사치스러운 기상인가. 이 더할 나위 없이 행복한 시간을 좀 더 맛보고 싶어서 아직 잠에서 깨지 않은 척을 했다.

"일어나지 않아요⋯⋯ 그럼, 다음 단계로 들어갑니다, 예요."

다음 단계?

내 허리 부근에 뭔가가 올라탄 무게감. 그리고 작은 손이 가슴 주변을 흔들었다.

"오빠. 저기, 빨리 일어나지 않으면⋯⋯ 제3단계로 진행해야만 해요⋯⋯."

나는 불온한 기척을 느끼고 눈을 번쩍 떴다.

말을 탄 것처럼 내 위에 앉은 레이나가 눈에 들어왔다.

"아, 좋은 아침이에요."

라면서 귀엽게 고개를 숙여 인사하는 동생.

"레이나…… 왜 올라타 있는 거야."

"네? 그렇지만 이게 여동생이 깨우는 방법이 아닌가요?"

왜 그렇게 되는 거지…… 귀여우니까 괜찮지만.

"그리고 제3단계라니…….

"제3단계에는 이불 속으로 파고들어요. 그리고 최종단계는…….

볼을 발그레하게 물들이고 시선을 피했다.

"그건 좀, 이르지 않을까 싶은데…….

부끄러운 듯이 꾸물거리니 레이나의 가랑이 부분이 나의 민감한 부분을 꾹꾹 눌러서 굉장히 난처했다.

"어, 어쨌든 이제 잠 깼으니까 괜찮아. 고마워, 레이나."

감사 인사를 하자 레이나는 커다란 꽃이 활짝 핀 것처럼 웃음을 지었다.

"아뇨! 여동생으로서 당연히 해야 할 일이에요, 예요!"

내 위에서 내려가 기분 좋은 모습으로 방에서 나갔다.

어째 여동생의 모습에 대한 오해가 있는 것 같은데……?

약간의 의문을 품으면서도 귀여우니 불문에 부치기로 했다.

그리고 아침을 먹고 함께 등교했다.

라고는 해도, 집에서 나오자마자 리제르 선배의 차에 픽업되었지만.

레이나를 중등부 앞에 내려주고 잠깐의 이별.

"그럼 레이나, 무리하지 마."

"네. 그럼, 방과 후에 팰리스에서 봐요."

리제르 선배는 가볍게 고개를 저었다.

"아니. 레이나는 당분간 쉬어도 괜찮아. 그렇네…… 되도록 어머님과 함께 있는 편이 좋아."

"네…… 죄송해요. 그럼 바로 돌아가서 엄마랑 같이 있을게요."

문을 닫자 차가 고등부를 향해 움직이기 시작했다.

"레이나의 상태는 어때?"

"네. 지금은 괜찮은데…… 하지만 또 쓰러지지는 않을까 생각하면…….."

"그렇네…… 빨리 레이나의 핵을 교환할 방법을 찾아야 해."

제대로 상담할 새도 없이 차는 고등부에 도착하고 말았다.

그래서 점심시간에 점심을 먹으면서 상담하게 되었다.

레이나가 너무 걱정돼서 오전 수업을 멍하니 흘려듣고 말았다.

이제 곧 기말고사인데── 라며 걱정했지만, 아무래도 집중할 수 없었다.

──그리고 점심시간.

"저기~ 저기~, 유우토? 레이나는 집에서 우연히 야한 모습 보여주거나 해?"

나와 리제르 선배는 그만 사레가 들릴 뻔했다.

"갑자기 무슨 소리를 하는 거야. 미야비."

"어~ 그렇지만 레이나는 우연히 야한 모습을 보여주는 체질이잖아? 같이 살면 분명 꺅~ 해서 큰일이지 않을까~ 싶어서."

확실히…… 그럴 우려는 있다.

리제르 선배는 후우 하고 한숨을 쉬었다.

"어쩔 수 없네. 역시 내가 감시하지 않으면 걱정돼."

"아뇨 아뇨, 그렇게까지 안 해주셔도……."

정말로 들이닥칠 것 같아서 그건 그거대로 기쁘지만, 분명 한 순간도 긴장을 늦출 수 없을 것이다. 그도 그럴 게 리제르 선배가 우리 집에 있으면…… 해이한 태도나 칠칠치 못한 모습은 보여줄 수 없다. 한시도 긴장을 풀 수 없는 건 고되다.

"나도 동생이나 돼버릴까~."

"무슨 말을 하나 싶었더니……."

이렇게 에로한 동생이 있으면 집에서 어떻게 지내면 좋을지 모르게 될 것 같다.

"그럼…… 난 누나가 되는 건가?"

묘한 가족 계획이 진행되고 있었다. 그래도 리제르 선배가 내 누나──.

"……."

리제르 선배가 그대로라면 긴장돼서 견딜 수가 없을 테지만, 누나라면 야무지지 못한 모습을 보여줘도 괜찮을 것 같은 느낌이 들었다. 오히려 응석을 부릴 수 있다.

의외로 괜찮을지도 모른다!!

"물론 농담이지만."

그렇겠죠!

난 냉정함을 되찾기 위해 식후의 커피에 입을 댔다.

"미야비도 유우가오제 가를 버리고 양자로 들어갈 생각은 없잖아?"

"그렇네~…… 음~."

그렇게 말하면서 가슴을 받치듯이 팔짱을 끼고 생각했다.

"그래! 나랑 유우토가 결혼하면 되잖아!!"

커피가 기관지에 들어가 심하게 사레가 들렸다.

무슨 소리를 하는 거냐?! 넌!!

그 후, 스스로 한 말에 심하게 부끄러워하는 미야비와 악귀 같은 얼굴로 시꺼먼 아우라를 내뿜는 리제르 선배를 필사적으로 달랬다.

◇ ◇ ◇

"유우, 다음 차례에 목욕해~."

이런 목소리가 아래에서 들려왔다.

"네~."

라고 대답하고 옷장에서 속옷을 꺼내 욕실로 향했다.

다음 순서라는 건, 아버지가 제일 먼저 목욕을 했나. 어라? 하지만 아까 전에 어머니랑 반주를 한 것 같은데……?

의문을 느끼면서 탈의실의 문을 여니──,

"흐야?"

올누드 은발 미소녀가 배스 타월로 머리카락을 닦고 있었다.

가늘고 날씬한 몸은 그야말로 순진무구라는 단어를 형상화한 것처럼 티 없이 아름다웠다. 핑크색으로 살짝 물든 하얀 피부는 문득 딸기우유를 연상케 했다.

머리가 굳었다.

결코 의도한 건 아니지만! 결과적으로 티 한 점 없고 이제 막 부풀어 오르기 시작한 몸을 빤히 쳐다보게 되었다.

"저, 저 저기 저기."

레이나는 배스 타월로 몸을 가리고,

"죄, 죄송해요. 금방 나갈게요······."

"아, 아냐! 미, 미안!!"

난 정신을 차리고 서둘러 문을 닫았다.

가슴이 두근거렸다.

아~ 젠장. 그런가, 이런 사고가 일어날 수도 있는 건가.

미야비가 말한 우연히 야한 모습을 보여주게 되는 사고가 이런 형태로 실현될 줄이야. 그렇다기보다는 이건 우연히 보여줬다기보다는 단순히 내 부주의지.

아무튼 레이나에게 제대로 사과해야겠다.

탈의실 밖에서 반성하면서 레이나가 나오는 것을 기다렸다.

문이 열리는 소리가 들리고 레이나의 거북한 듯한 얼굴이 엿보였다.

"미안! 레이나. 제대로 확인도 안 하고 문을 열어서."

"아, 아뇨 아뇨, 저기······ 레이나야말로 목욕을 오래 해서 죄송해요."

"전혀 그렇지 않아. 정말 내 잘못이야."

"아니에요, 아니에요…….."

둘이서 복도에서 서로에게 머리를 꾸벅꾸벅 숙였다.

냉정해지고 나서는 우리가 무슨 짓을 하고 있는지 깨닫고 서로의 얼굴을 보며 웃었다.

"같이 살면 이런 일도 일어나겠지."

"그렇네요. 생각해보면 오빠와 여동생 사이에서 필연적으로 일어나는 이벤트죠? 그런데도 당황해버려서…… 죄송해요."

"……필연?"

나는 뭔가가 마음에 약간 걸리는 걸 느끼면서도 교대하듯이 탈의실에 들어갔다.

빨래통에 레이나의 속옷이 들어있다고 생각하니 두근두근했다. 되도록 의식하지 않도록 하면서 욕실에 들어갔다.

'잔향이'라던가 '이 탕에'라던가 하는 생각은 일절 하지 않는다.

무심이다.

마치 명상을 하는 것처럼 탕에 몸을 담갔다.

좋아, 괜찮은 느낌으로 진정했다고, 나.

욕조에서 나와 몸을 씻는 곳에서 바디워시의 거품을 냈다. 목욕을 하는데 어째서인지 정신수양을 하는 듯한 기분이 느껴졌다.

몸을 씻기 시작했을 때,

"저기…… 오빠."

탈의실에서 레이나의 목소리가 들렸다.

"왜 그래? 뭐 잊어버리고 갔어?"

"네…… 레이나, 깜빡했어요."

욕실을 둘러봤지만 레이나의 물건이라 생각되는 물건은 딱히 없었다.

대체 무엇을? 이라며 물어보려고 했지만, 그 전에 문이 열렸다.

"어?"

수건을 앞에 댄 레이나가 들어왔다.

"레?! 레이나?!"

"정말로, 정말로 눈치가 없어서…… 여동생이 된 자로서 오빠가 목욕하면 들어와서 등을 밀어주는 것이라 배웠는데, 완전히 잊고 있었어요."

"배워?! 어디서?!"

"아빠의 방에 있던 책 중에…… 여동생이라는 글이 적힌 책이 있어서 그걸로 배웠어요."

아버지이이이! 그런 책은 자물쇠가 달린 책장에 넣어둬!!

"오해야, 레이나! 남매에게 그런 관습은 없어!"

게다가 그런 경우에는 배스 타월을 두르거나 하지 않나?! 왜 보통 수건을 앞에 늘어뜨리기만 한 거야! 정말이지, 여러 가지로 위험한 부분이 살짝살짝 보여서 내 시선을 붙잡고 놓아주질 않았다.

"그렇지만 그렇지만, 레이나는 지금 싸울 수 없어서 아무런 도움이 안 돼요. 적어도 일상적인 일을 제가 돕게 해주면 좋겠어요, 예요."

"아니…… 이건 일상적인 도움에 안 들어가."

"아, 아무튼, 레이나는 오빠의 동생이 되고 싶어요!"

틀렸다. 여동생은 오빠의 등을 밀어주는 것이라고 완전히 착각하고 있다.

도움이 되고 싶다, 동생으로 인정해줬으면 좋겠다는 마음이 너무 강해 말을 들으려 하지 않을 것 같다. 그렇다면——,

"……그럼 등만 미는 거다. 등 밀면 먼저 욕실에서 나가야 한다. 알겠지?"

"넷! 맡겨주세요!"

사명감에 불타는 대답과 함께 레이나는 내 뒤에 웅크리고 앉더니 내 손에서 바디 타월을 빼앗았다.

"그러면, 그러면 갑니다! 오빠."

까실까실한 감촉을 가진 바디 타월이 내 등을 문질러 갔다.

"세기는…… 어떤가요?"

"그렇네, 좀 더 세게 해도 좋을 것 같은데."

"알겠습니다, 예요!"

오오…… 내키진 않지만 등을 밀어주니 솔직히 기분이 좋았다. 특히 견갑골 주변이라던가.

스스로 하는 것보다 훨씬 좋고…… 제대로 씻긴다는 느낌이 들었다.

"간지러운 곳 있으면 말해주세요."

"이야…… 엄청 기분 좋네, 이거."

"……♪"

등 뒤에서 기뻐하는 기색이 느껴졌다.

이런 일은 더 이상 시켜서는 안 된다고 생각하면서도 기분 좋으니까 좀 더 등을 밀어주면 좋겠다고 생각했을 때——,

"어머?! 레이나, 유우랑 같이 들어간 거야?!"

어머니?!

무심코 뒤돌아보니 불투명 유리 너머로 어머니의 그림자가 비치고 있었다.

큰일이다! 이런 모습을 보면 무슨 소리를 들을지…… 여동생에게 이런 짓을 시키는 놈은 집에 둘 수 없어요! 라고 말하면서 나만 별거하게 될 수도?!

뒤돌아본 탓에 동생의 문제투성이인 모습이 눈에 들어왔다.

안 보인다고 안심하고 있었는데, 앞을 가리고 있던 수건은 한쪽 무릎에 개켜져 있었다.

부풀기 시작한 가슴과 가는 허리, 배꼽 아래까지 남김없이 드러나 있었다.

이런! 나도 모르게 그만 넋 놓고 보고 말았다!

"자, 잠깐만, 엄마! 여기에는 깊은 사연이!!"

라고 말하며 허둥거리는 나와는 대조적으로 레이나는 기분 좋은 모습으로 대답했다.

"네, 엄마. 오빠의 등을 밀어주고 있어요♪"

"어머나~ 그렇구나~ 사이좋은 남매구나~."

불투명 유리 너머에서 태평한 대답이 돌아왔다.

……혼내지 않아?

의문스럽게 생각하면서도 안심했다.

어쩌면…… 어머니 입장에서는 나는 나이를 먹어도 어린이고 레이나도 겉모습이 어리니까 초등학생끼리 목욕을 한다는 느낌을 받을지도…… 어?

……기분 탓이지?

불투명 유리 너머에서 어머니가 옷을 벗고 있는 것처럼 보이는 건.

하지만 피부색의 면적이 확실하게 늘고 있는 것 같은데.

불길한 예감은 정점을 찍었고, 내 안에서 경보가 울려 퍼졌다.

갑자기 문이 열리고──,

"유우~ ♥ 레이나~♡"

발가벗은 어머니가 들어왔다.

"아닛?!"

마지막으로 본 게 유치원 때였을까.

솔직히 기억이 어렴풋하긴 하지만, 그때의 기억과 전혀 달라지지 않은 것처럼 느껴졌다.

당시엔 아무렇지도 않았지만, 이 나이를 먹고 다시 보니…….

"뭐야~? 유우도 참, 빤히 쳐다보고~. 관심이 있는 나이가 된 걸까~."

"나, 나를 몇 살인 줄 아는 거야?!"

잘 보니 어머니의 볼은 탕에 들어가기 전부터 상기되어 있었다.

"……취했구나."

"에헤헤, 너무 많이 마셨어~. 아빠는 취해서 이미 자고 있어~."

이게 무슨 일이냐. 안 그래도 활발한 어머니에게 술이라는 연료가 대량으로 추가되었다. 이건 완전히 대형 화재 안건이다.

"아, 아무튼 나가──."

"우와아…… 엄마, 예뻐요, 예요!"

레이나가 황홀한 눈으로 올려다봤다.

"우와아~ 고마워~♪ 레이나도 귀여워♡"

확실히 40세 전후의 주부인데 쓸데없이 몸매가 좋다. 마족이 정성을 다해 만든 안티에이징 기능이 달린 반지를 애용해서일까.

물론 리제르 선배와 모두와는 비교도 안 되지만, 묘한 에로함이 있다고 해야 할까.

어머니는 손을 뒤로 돌려 문을 닫았다.

"엄마만 빼놓다니, 섭섭하잖아! 그럼, 엄마도 유우를 씻겨줄까! 레이나는 그 뒤에 씻겨줄게!"

"알겠어요! 그럼, 엄마는 앞쪽을 부탁할게요!"

"오케이!"

경례를 하고는 내 앞으로 돌아서 들어왔다.

"오케이가 아니야! 친아들이랑 무슨 짓을 하는 거야?!"

"뭐냐니, 부모가 아이랑 같이 목욕을 할 뿐이잖아."

"으…… 그, 그게 이상하다는 거야!"

"그냥 가족이 같이 목욕하는 거잖아? 온천여행을 가도 자주 있는 일이잖아."

"……."

"유우도 참 이상해. 자, 허리 펴."

그런가?! 이상한 건 나인가?!

뭐가 뭔지 점점 알 수 없게 되었다······.

어머니는 바디워시로 손바닥에 거품을 내서 내 가슴에 펴 발랐다.

기분 좋다······ 근데 어릴 때의 기억에도 어머니가 씻겨준 적이 있었나?

등에는 레이나가 내 등에 몸을 밀어붙여서······ 아니, 잠깐만?!

"레이나! 뭐하는 거야?!"

아직 작지만 폭신폭신한 부드러움과 갈비뼈의 감촉이 전해져왔다. 선배와도 미야비와도 다른 독특한 쾌감에 의지가 떠내려갈 뻔했다.

"네. 레이나가 본 책 중에 이렇게 하는 것도 있어서······."

그건 명백하게 봐서는 안 되는 책이다!!

아무리 어머니라고 해도 이건 분명 좋게 안 볼 것이다.

"자~, 만세해."

어머니는 아직 취해 있는지 레이나는 전혀 신경 쓰지 않고 기분 좋게 웃으면서 내 손을 잡아서 만세하게 만들었다.

겨드랑이 아래에 어머니의 손이 뻗어왔다. 조금 간지러웠다.

손이 더 아래로 미끄러져서 허리에서 허벅지 윗부분, 중력에 이끌리듯이 중심으로 미끄러져 떨어졌다.

"그럼 그럼~, 여긴 어떨까~♥"

으어어어어어어어어어어어어어어어어어어이?!

"어, 어딜 만지는 거야?!"

어머니는 양손을 비비면서 거품을 냈다.

"그야~ 아들이 얼마나 성장했는지~ 확인해야지!"

"안 해도 돼!"

"하지만 어머니의 의무라고 생각해!"

난 어머니의 손을 잡아서 어떻게든 떼어냈다.

"끄으응…… 레이나! 헬프!"

"알겠어요, 예요!"

양 옆구리에서 레이나의 하얀 손이 쑥 뻗어서 내 고간을 덮쳤다.

우와아아아아아아아아아아아아아아아아아아아아아아아아아악!!

그렇게 치열한 목욕이 한동안 이어졌다.

몸과 마음 모두 녹초가 된 난 빈틈을 타서 탈출했지만, 어머니와 레이나는 그 후에도 함께 목욕을 즐긴 듯했다.

참고로 다음 날, 어머니는 이 일을 전혀 기억하지 못했다.

두렵도다, 모리오카 사쿠라.

제3장

만약 죽음을 되풀이할 수 있다면

느긋하고 지적인 미인 교사, 나카노 츠루코 선생님이 칠판에 글을 쓰면서 수업을 진행하고 있었다.

"이렇듯 처형에는 여러 효과가 있어요. 자신을 방해하는 자를 배제할 뿐만 아니라, 다른 자에 대한 본보기. 그런 경우에도 민중에게 얼마나 공포를 주느냐에 따라 수단도 보여주는 방식도 달라져요. 방식에 따라서는 그 자체를 쇼와 같은 오락으로 만드는 것도 가능해요."

기말고사가 벌써 다음 주로 다가왔는데 멍하니 들었다. 머릿속에는 어떻게 레이나를 구하느냐 하는 생각밖에 없었다.

현재 레이나는 어머니의 과도한 애정으로 몸을 유지하고 있다. 하지만 근본적인 해결에는 이르지 못했다.

레이나의 몸의 중심인 핵을 어떻게 교환하느냐.

그 답이 아직 나오지 않았다.

정신을 차리니 어느 샌가 수업이 끝나 있었다.

이래서는 기말고사의 결과가 처참할 것 같다. 안 그래도 익숙하지 않은 과목이 한가득인데.

"있잖아, 유우토. 전에 친 실력시험 결과가 딱! 붙었대!"

미야비가 커다란 가슴을 흔들면서 다가왔다.

"추가타를 맞는 기분이지만…… 일단 보러 갈까."

"그렇네! 그렇지만 실망해서 쿵~ 하는 건 싫으니까 난 먼저 팰리스에 가 있을게!"

어이! 그래도 괜찮은 거냐?! 라고 따질 새도 없이 미야비는 교실에서 나갔다.

일단 보러 갔다가 나도 팰리스로 갈까…….

난 교실에서 나와 결과가 붙어있는 교무실 앞으로 갔다.

하지만——,

"……없네."

게시되는 건 상위 100명까지인 듯하다. 당연하게도 나와 미야비의 이름은 없었다.

"섭섭하기도 하지만, 상위권만 게시하는 건 어떻게 보면 배려심이 있네……."

그렇게 중얼거렸을 때, 누군가가 어깨를 탁 두드렸다.

"여어."

머리를 금발로 물들여 얼핏 보면 불량배처럼 보이는 이 녀석은,

"게르트. 넌 몇 위었어?"

'월드'의 아스피테의 카드였던 게르트다. 내가 긴세이 학원에 와서 가장 먼저 엮인 상대다. 하지만 지금은 가끔씩 서로 말을 주고받는 사이가 되었다.

"음~ 이번엔 좀 별로였지."

라고 말하면서 어깨를 으쓱였다. 아마 나와 마찬가지로 이름이 없었을 것이다. 나도 모르게 친근감이 생겼다.

"그런가. 서로 열심히 해야겠네."

"그래, 특히 난 더 이상 마왕 대전에는 관여하지 않을 거라고 정했으니 말이야…… 이쪽에서 더 열심히 해야지."

그런가. 내가 아스피테를 쓰러뜨린 탓에 이 녀석은 자신의 꿈을 포기하게 됐구나.

"……왠지 미안하네."

그렇게 말하니 게르트는 기묘한 것을 보는 듯한 눈으로 나를 봤다.

"진짜 이상한 녀석이네…… 그런 건 마왕 대전이니까 당연하잖냐. 그보다 이겼으니까 좀 더 우쭐거리는 게 보통이라고."

물론 이긴 건 기쁘지만, 본인 앞에서 필요 이상으로 우쭐대는 건 별로 안 좋을 것 같았다. 그리고 새로운 길로 나아가려고 하는 게르트의 적극적인 모습은 존경할만하다고 생각했다.

"그리고 내가 마왕 대전에서 손을 떼는 이유를 굳이 말하자면 아스피테 님 때문이니까."

"무슨 소리야?"

"너한테 얻어맞은 이후로 방에 틀어박혀서 나오질 않아."

"방에…… 있다니?"

응?

그러고 보니…… 확실히 아스피테는 두들겨 패서 기절시키긴 했지만…… 그게 끝이었다.

이비자 때처럼 검은 늪에 삼켜져 지옥으로 돌아가거나 하진 않았다.

그렇다는 건──,

"아스피테한테는 아직 마왕 대전을 치를 자격이 있는 건가?"

"그래. 하지만 이젠 틀렸어. 재기불능, 리타이어야."

확실히 싫은 녀석이고 리제르 선배에게 가혹한 짓을 했다. 당연한 업보라고 생각하지만…… 현재 상황을 들으니 조금 불쌍하다는 마음이 들었다.

"뭐, 그런 일도 있어서 나도 가업을 잇는 쪽으로 힘을 쓰려고. 그래서 차기 마왕이 될 만한 녀석과는 친하게 지내고 싶단 말이지…… 그렇게 됐으니, 친하게 지내자고!"

게르트는 엄지를 세우고 씩 웃었다. 정말 계산적인 녀석이다.

"참고로 우리 집은 인간계에서 철강업을 하고 있다고. 신카마이시 제철이야."

"들은 적 있는데? 그 회사 꽤나 유명하지 않나……."

"그래. 일본 유수의 철강 회사라고."

너…… 좋은 집안의 도련님이었냐?!

그러고 보니, 긴세이 학원은 마계의 귀족들이 모이는 학원이다. 내가 특별할 뿐이지, 다들 장난 아니게 부자였다!

젠장…… 왠지 배신당한 듯한 기분이 드는 건 왜지…….

이 녀석은 왠지 모르게 서민 아우라가 배어 나온단 말이지. 하지만 사실은 인정해야만 한다. 딱히 게르트가 나쁜 게 아니다.

"그런가…… 그럼 성적도 열심히 올려야겠네. 힘들겠다."

"그래, 학년 5위면 아직 멀었지."

"……"

게시된 순위를 처음부터 다시 한번 보니, 1위와 5위에 본 적

있는 이름이 있었다.

1위, 코우마 루키. 5위, 카마이시 게르트.

나는 반사적으로 게르트의 멱살을 잡았다.

"게르트으으으! 이 배신자아아아아아아아아아아!!"

"어?! 왜 갑자기 화내고 자빠졌냐?!"

나는 그런 대화를 주고받은 뒤에 게르트와 헤어져 팰리스로 향했다. 계단을 올라갈 때——,

"아, 유우토."

위쪽에서 목소리가 들렸다.

고개를 드니 계단의 층계참에 '저지먼트'의 마왕 후보, 코우마 루키가 서있는 모습이 보였다.

5위 다음은 1위. 그야말로 천상계에서 살고 계시는 분이 나타났다.

그리고 그 귀여움 또한 천사급. 하지만 남자다.

"루키, 너도 순위 보러 가는 거냐?"

"응. 하지만 유우토랑 이야기할 수 있다면 나중으로 미뤄도 좋아."

빙글 돌아서 귀여운 포즈를 취했다.

둥실 떠오른 미니스커트에서 새하얗고 부드러워 보이는 허벅지가 살짝 보였다.

그뿐이라면 그나마 낫다. 하지만 아무리 생각해도 여성용 팬티가 보인 것 같은데, 내 눈이 잘못된 걸까?

"나랑 이야기라니?"

층계참까지 올라가 이야기를 들으려고 하니, 모처럼이라면서 옥상으로 불려갔다.

그대로 계단을 올라가 쇠문을 여니 옥상으로 나올 수 있었다. 꽤 넓었고 아무도 없었다. 뭔가 비밀 이야기를 하기에는 좋을 것 같은 상황이다.

"있잖아…….."

루키는 양손 끝을 꾸물거리면서 시선만 위로 하여 나를 바라봤다.

그 동작, 너무 귀여워서 위험하다.

그보다 왜 그렇게 지금부터 고백할 것 같은 분위기를 내는 거냐고!

……뭐랄까, 나쁜 것에 눈을 떠버릴 것 같으니까 좀 봐줬으면 한다.

"있잖아…… 같은 마왕 후보로서 물어보기 어렵지만…… 누군가로부터 같이 손을 잡고 싸우자는 권유 안 받았어?"

"그게 무슨 말이야?"

반사적으로 그렇게 대답하자 루키는 약간 안심했다는 듯이 가슴에 손을 댔다.

"다행이다~ 나만 빼놓고 그랬으면 어떡할지 걱정했어."

루키는 혼자서 납득했다. 혼자만 못 따라가는 듯한 기분이 들었다.

"잠깐만. 전혀 이해가 안 되는데."

루키는 '아'라는 소리를 내며 혼자 깨닫고는 자기 머리를 콩

때리더니 혀를 삐죽 내밀었다.

"미안해. 얘기하는 건 서툴러서."

거기에 한쪽 눈을 찡긋 감으며 윙크.

……뭔가, 행동 하나하나가 다 귀엽네. 남자라는 건 거짓말 아닐까?

"어쩐지 마왕 후보들 사이에서 이상한 움직임이 있는 것 같아. 누군가가 동맹을 만들려는 것 같아서."

동맹?

"누가 누구랑 손을 잡고 있는지는 전혀 몰라. 애초에 누가 중심인지도."

그런 움직임을 취하는 녀석이 있을 줄이야. 예상 밖이었다.

마왕 후보는── 그렇다기보다는 마족은 다른 사람과 협력한다는 이미지가 희박하다.

"의외네…… 그렇다는 건, 제의를 못 받은 녀석은 불리하다는 거야?"

"응. 미리 짜고 집단으로 습격하면 무섭겠다 싶어서…… 내가 이야기할 수 있는 사람은 유우토 정도밖에 없으니까, 그래서……."

루키는 불안한 듯이 스커트 자락을 잡고 허리를 꾸물거렸다.

……그러니까, 귀여우니까 그만둬.

그렇게 말하고 싶은 기분을 억누르고, 나는 루키에게 물었다.

"그렇다면…… 제안을 못 받은 사람끼리 대항해서 공동전선을 펼치는 것도 좋을지도 모르겠네."

"응. 그래서…… 갑작스러우니까 동맹은 어려울지도 모르지만…… 나랑 유우토는, 특별한 관계를 맺을 수 없을까?"

특별한 관계?!

"그, 그러니까…… 그 말은…… 협력관계 같은 거지?"

"맞아 맞아! 정보교환이라던가, 그런 거."

그럼 처음부터 그렇게 말하라고!! 심장에 안 좋잖아!

나쁜 이야기는 아니다. 그렇게 생각했지만 난 루키에 대해 잘 모른다. 보기에는 좋은 녀석인 것 같지만, 그래도 마족이다. 방심은 금물이다.

"그렇네…… 일단 적에 대한 정보가 뭔가 들어오면, 서로 공유하는 정도인가."

"응. 우선은 그런 것부터 시작해야지."

루키는 만족스럽게 끄덕였다.

"모처럼이니까, 유우토에 대해서도 이것저것 알고 싶은데."

사근사근한 미소를 지으며 머리를 쓸어올렸다. 하얗고 가는 목덜미를 보고 나도 모르게 가슴이 크게 두근거렸다.

"유우토는 인간이지? 마족이 싸우는 이 마왕 대전을 어떻게 생각해?"

근본적인 질문이네…… 하지만 마족 입장에서는 당연한 의문일지도 모른다.

"솔직히 내가 마왕 대전과는 상관없는 사람이라는 느낌은 들어."

"그렇구나, 하지만 무리도 아니지. 마계의 왕을 정하는 싸움인걸."

"하지만 인간의 운명도 좌우되니까 남의 일이 아니야. 마왕은 마계의 왕이자, 동시에 인간계의 왕이기도 해."

"그렇지만 마족과 싸워야만 하는데?"

"인간의 힘은 약하니까 어차피 무슨 짓을 해도 소용없다. 그렇게 생각하고 싶진 않아. 우리 인간도 관련된 문제니까, 나도 할 수 있는 만큼의 일은 하고 싶어."

"와아아~ 대단하다……. 보통은 마왕 대전에 참가하는 것 자체를 분명 포기할 거야."

비꼬는 게 아니라 정말로 감탄하는 것 같았다.

악의 없는 눈빛이 조금 간지러웠다. 나는 수줍음을 숨기듯이 말을 이어나갔다.

"잘난 듯이 말했지만, 방금 말한 건 나중에 붙인 이유야. 처음엔 그냥 되는대로 한 거야."

"그러다가…… 점점 바뀐 거야?"

"맞아. 이비자 같은 사악한 녀석이 마왕이 될 가능성도 있어. 그 녀석이 지배하는 세상 따위는 상상도 하고 싶지 않아. 그렇게 생각하니 내가 열심히 해야 한다는 마음이 생겼어……."

"유우토는 마왕이 되면 마계를 어떻게 하고 싶어?"

"어?!"

그런가, 그렇겠지. 그야 마계의 왕이니까.

잘 생각해보니…… 난 마계가 어떤 곳인지 잘 모른다.

난 인간계만을 생각하고 있었지만, 마왕이 된다는 것은 마계에 대한 책임도 진다는 것을 의미한다.

"그건…… 미안. 스스로도 잘 모르겠어. 하지만……."

"하지만?"

"……이러니저러니 해도, 내가 마왕 대전에 참가하고 있는 건 리제르 선배와 모두의 기대에 부응하고 싶다는 게 가장 큰 이유인 것 같아. 난 리제르 선배와 모두를 믿고 있어. 그러니까 마계를 어떻게 하느냐에 대한 문제도 분명 상담을 하고 정할 거야."

"그렇구나. 후훗, 유우토에 대해 조금씩 이해되는 것 같아서 기뻐."

진심으로 그렇게 생각하는지 싱글싱글 미소 지었다. 나까지 이끌려서 미소를 짓고 말았다.

"그럼, 만약의 이야기인데…… 인간을 배려하고 사랑해주는 마왕 후보가 있으면…… 그 사람에게 마왕의 자리를 넘겨줘도 된다고 생각해?"

"……그건."

만약 신뢰할 수 있는 마왕 후보가 있다면…….

그렇다면 내가 싸우는 이유는 뭘까?하지만 그런 마족이 존재할 수 있을까.

"어떨까……."

"모르겠어?"

"그 사람을 눈앞에서 보지 않으면, 뭐라고 할 수가 없겠네."

"그것도 그렇네."

둘이서 함께 웃은 그때──,

"그럼 잘 보라고. 바로 날 말이야."

"?!"

계단으로 통하는 문이 열리고 낯선 학생들이 줄줄이 들어왔다.

'주의 환기. 위험이 다가오고 있습니다. 주의를 소홀히 하지 마십시오.'

아르카나의 경고가 귀에 울렸다.

……전부 다 해서 네 명.

선두에서 걷는 남자가 리더인 듯했다.

"이 몸이 학교에 얼굴을 비추는 일은 엄청 레어하다구?"

그 얼굴은 야위어 있었고 눈 주위에 다크서클이 있었다. 웨이브가 진 초록색 머리칼도 흐트러져 푸석푸석. 교복은 구깃구깃하고 곳곳에 도료처럼 보이는 얼룩이 묻어있었다.

누구냐고 묻기 전에 루키가 나에게 속삭였다.

"저 사람은 2학년 타카쿠즈레 마리오스 선배야. 분명 '타워'의 마왕후보일 거야."

마리오스가 한 손을 들자 뒤에 늘어서 있던 세 명의 학생이 앞으로 나왔다.

그렇다면 저 녀석들은 '타워'의 카드들.

이해가 안 되는 것은 세 명 모두 손에 피규어를 들고 있다는 점이었다. 에일리언 같은 기분 나쁜 괴물, 일요일 아침 방송에 나오는 변신 히어로, 그리고…… 비키니 아머 여전사?

도대체 이 녀석들은 무엇을 하고 싶은 걸까?

내 표정을 읽고 마리오스가 씨익 웃었다.

"'러버즈'의 모리오카 유우토. 우리와 같이 가주실까."

표적은 루키가 아니라 나인가…… . 하지만 왜 굳이? 덮칠 생
각이 있다면 기습을 할 것 같은데.

"대체 용건이 뭐냐."

"뭐, 스카우트야. 동맹에 들어올 생각은 없냐 이거지."

——?!

"그렇다면, 너냐. 다른 마왕 후보에게 동맹을 제의해서 맺으
려고 하는 게."

마리오스는 약간 놀란 듯이 눈을 부릅떴다.

"뭐야…… 벌써 화제가 됐나. 소식이 빠르군."

루키는 불안한 얼굴로 나를 올려다봤다.

"유우토…… ."

"거기 있는 '저지먼트'에게 용건은 없다. 싸울 생각도 없으니
까 돌아가도 된다고."

루키는 난처한 듯 눈살을 찌푸렸다.

방금 전에 나와 협력하자고 말한 체면을 생각해서 어떻게 해
야 할지 고민하고 있을까. 아니면 내가 마리오스와 한패가 되어
이 자리에서 루키를 죽이려는 게 아닐까 하고 경계하고 있는 것
일지도 모른다.

마리오스는 움직이지 않는 루키와 나에게 기다리다 지친 것처
럼 말했다.

"뭐, 일단 '저지먼트'는 관계없어. '러버즈'는 힘을 써서라도 데
려갈 거다. 다행히 혼자인 것 같으니 말이야."

"뭐라고?"

"가라!! 나리히라! 시바! 나니와!"

마리오스가 이름을 부르자 피규어를 손에 든 세 명이 자세를 취했다.

일제히 공격해 올 줄── 알았지만, 셋 다 한 발짝도 움직이지 않았다. 그 대신 손에 들고 있던 피규어를 하늘로 던졌다.

그 피규어는 공중에서 빙글빙글 회전하여 팽창해 갔다.

"아닛?!"

그것은 현실에 존재한다면 그 정도 크기일 것이라 생각되는 사이즈까지 거대화하여 발소리를 울리며 옥상에 내려섰다.

"말도 안 돼······."

에일리언과 변신 히어로, 그리고······ 비키니 아머 여전사가 내 앞에 늘어섰다.

"봤느냐! 이것이 우리 '타워'의 힘이다!"

마리오스는 의기양양하게 양팔을 벌렸다.

"뭐, 이게 동맹에 참가하기 위한 테스트다. 어디 열심히 저항해 봐라. 죽어도····· 그건 사고니까····· 너희들 제대로 해라!!"

"네!"

마리오스의 세 카드가 대답하자 세 개의 피규어였던 것이 덮쳐왔다.

"유우토! 도망치자!!"

"어, 어어!"

루키가 교복 자락을 잡아당겨서 나는 뒤를 보고 달리기 시작했다.

"아니, 도망치는 거냐?!"

"그렇지만 저 녀석들은 동맹이잖아?! 다른 복병이 있을지도 몰라!"

"그렇네!"

루키는 생각보다 발이 빨라서 나보다 조금 앞을 달렸다.

"반대쪽에도 계단이 있으니까!"

"알았어!"

하지만 옥상은 넓다. 건너편에 도착할 때까지 따라잡히지 않으면 좋을 텐데――?!

바로 옆에 변신 히어로의 가면이 있었다.

이 녀석들, 스펙도 설정대로인가?!

"'스트라이드'!!"

나도 마법을 써서 가속했다. 루키도 같은 마법을 썼는지 옆에 나란히 있었다. 이걸로 순식간에 건너편에 도착할 것이다. 그렇게 생각한 순간, 목표로 하던 문이 열렸다.

"후, 희망이 부서지는 모습을 보는 것도 나쁘지 않지."

거기에서 비주얼계 남자, 그리고 그 남자의 어깨에 손을 걸친 화려한 여자가 모습을 드러냈다.

"저건 '문'의 키타카미 루나틱과 '선'의 산사 서머즈?!"

"뭐야아?!"

또 마왕 후보냐!

지금까지 별로 모습을 안 드러냈는데 갑자기 차례차례 나타나고 있어!!

나와 루키는 멈춰 섰다.

루키가 내 등 뒤로 돌아서 '타워'의 카드가 내던진 피규어와 마주 봤다.

"젠장……."

앞에는 호랑이, 뒤에는 이리인가…….

한쪽을 골라야만 한다면, 마왕 후보 둘보다는 하나…… 하지만 그것도 함정일지도 모른다.

결정하지 못하고 있으니 산사가 루나틱에게 어리광부리듯이 물었다.

"저기~ 루나, 이걸로 일단 책임은 다한 거지?"

"그래, 얼굴은 비췄다. 이제 전력을 나누면 의무를 다할 수 있지."

동맹의 규칙 이야기 같은 걸 하고 있나?

내 뒤, 반대편 출입구에서 마리오스가 외쳤다.

"야! '문'이랑 '선'! 도망치지 못 하게 하라고!!"

"걱정 마라. 확실하게 책임자를 데려왔다."

루나틱과 산사 뒤에서 한 소녀가 모습을 드러냈다.

"나의 슈트 카드 II, 소디아. 뒷일은 맡길게."

두 사람은 그런 말을 남기고는 문 너머로 모습을 감췄고, 대신 소디아라고 불린 소녀가 남겨졌다.

옅은 갈색 머리칼에 여성스럽고 하얀 교복. 얼핏 보면 아가씨 학교에 다니는 여고생처럼 보이지만, 잘 보면 묘한 곳에서 피부가 노출되어 있고 스커트가 짧았다.

"아앙?! 한 명뿐이라고! 게다가 II는 서열 최하위잖아!! 난 코트 카드를 데려왔다고?! 웃기지 말라고!!"

마리오스가 외치는 소리에 이어서 루키의 속삭이는 듯한 목소리가 들렸다.

"유우토. II가 한 명뿐이라면 그쪽으로 도망치는 편이 좋겠지."

"그래, 그렇게——."

소디아가 숙인 얼굴을 들었다. 하지만 그 얼굴은 잘 알아볼 수 없었다.

눈에 하얀 천이 둘려 있었기 때문이다.

레이스가 달린 소녀다운 디자인이었는데, 저래서는 싸울 수가 없을 것이다.

하지만 소디아는 마치 눈이 보이는 것처럼 나를 가만히 응시했다.

허리에는 그 모습에 어울리지 않는 두 자루의 검.

소디아는 좌우 각각의 손으로 두 자루 검의 칼자루에 손을 걸쳤다.

내 등줄기에 한기가 일었다.

그때 아르카나의 목소리가 들렸다.

'경고. 더 위험한 위협이 출현. 주의를 소홀히 하지 마십시오.'

마리오스의 카드 세 명보다 소디아가 위험하다고 판단한 건가?

"루키! 돌아가자!!"

"어? 에엑?!"

내가 몸을 돌리자 루키도 늦게 따라왔다.

"하하하! 장난하냐 '러버즈'!!"

나는 크게 웃는 마리오스를 향해 달렸다.

"너희들! 빨리 죽여버려!!"

"넷!!"

마리오스의 카드들이 대담함과 동시에 세 개의 실물 크기 피규어도 우리를 노리고 달려왔다.

변신 히어로가 바닥을 박차고 하늘 높이 떠올랐다. 앞으로 회전하여 킥 자세를 잡았다.

저게 어느 정도의 힘을 발휘하는지는 모른다.

그러니 나도 최대 화력이다!

"간다! '파이드제논'!!"

눈앞에 마법진이 전개되어 지옥 가마의 뚜껑이 열렸다.

지금까지는 상급마법을 쓰지 못했지만, 마법석 정제 의식이 효과가 있었다. 그 의식이 결과적으로 내 마력의 한계를 올려줬다.

용광로의 내용물이 발사된 것처럼 '파이드제논'의 뜨겁게 타오르는 불꽃이 변신 히어로를 꿰뚫었다.

"아니?!"

마리오스의 카드 나리히라인지 시바인지 모를 사람——은 초조해하며 소리를 질렀다.

지옥의 불꽃은 그대로 변신 히어로를 집어삼켜 순식간에 증발시켰다.

일격에 소멸.

하지만 그 틈으로 에일리언이 네발로 기어서 달려왔다.

"루키!"

"'선더리오'!!"

내 목소리에 응해서 번개 계열의 중급마법을 썼다.

루키는 번개 계열이 특기인가?

에일리언은 몸에 경련을 일으키며 그 자리에서 몸부림쳤다.

쓰러뜨리지는 못했지만 움직임을 멈추는 것은 성공한 모양이다.

그 에일리언 위를 뛰어넘어 비키니 아머 여전사가 덤벼들었다.

우리는 허공을 춤추듯이 날면서 내지르는 참격을 좌우로 나뉘어 피했다.

그리고 틈을 주지 않고 달렸다. 전속력으로 '타워' 녀석들을 향해 돌진했다.

"너희들, 물러나라!"

마리오스는 그렇게 외치고 자신도 옆으로 몸을 홱 피해서 우리에게 길을 내주었다.

직접적인 전투는 서투른 타입인가?

"유우토!"

"너무 쫓지 마! 지금은 도망치자!"

그렇게 딱 잘라 말하고 계단으로 가는 문에 손을 걸쳤다.

그 순간, 철문이 떨어져 날아왔다.

"큭?!"

갑작스럽게 일어난 일이라 아무런 대처도 못 하고 날아갔다.

나름대로 중량이 있는 철판으로 맞은 것과 마찬가지다. 나는 꼼짝없이 옥상 바닥을 굴렀다.

"괜찮아?! 유우토?!"

루키가 달려와서 혼신의 힘을 다해 내 위에 있는 문을 치워줬다.

"미, 미안…… 대체, 무슨 일이?"

몸을 일으켜 문이 사라진 출구를 봤다.

거기에는 새로 모습을 드러낸 세 명의 형상.

한가운데의 작은 그림자가 포즈를 취했다.

"주인공 등장! 리키마루와 그 일당들!!"

양옆의 우락부락한 남자도 맞춰서 머슬 포즈.

──뭔가 머리 나빠 보이는 놈들이 왔다!

한가운데 여자는 주홍색 머리칼에 사이드 포니테일. 배꼽을 드러낸 탱크톱에 핫팬츠, 운동복을 입은 모습은 딱 봐도 체육계 사람으로 보였다.

양옆에서 대기 중인 남자는 팬티 한 장. 체육계 사람을 뛰어넘어서 어떻게 봐도 보디빌더. 햇빛에 보리 색으로 탄 미소가 짜증이 날 정도로 환했다.

그저 어안이 벙벙해진 나에게 '러버즈' 아르카나가 경고했다.

'경고, 적에게 포위되고 있습니다. 퇴로를 확보하고 빠른 철수를 권고.'

그렇다는 건, 저것도 마왕 후보인가!

리키마루라고 이름을 댄 운동복녀가 자신만만하게 말했다.

"자, '스트렝스'의 위대함을 깨달아라!! 힘이야말로 정의! 힘이야말로 파워~!!"

리키마루가 신호하듯이 주먹을 앞으로 내밀자 양옆의 남자가 온몸에 힘을 넘쳐흐르게 했다.

"끄으으으으으으으으으웅!!"

"흐오오이아아아아아압!!"

근육이 펌프업 하여 혈관이 드러났다.

숨 막히게 뜨겁다.

그리고 부푼 근육에서 발생한 열이 실제로 열풍이 되어 불어왔다.

""우오랴아아아아아아아아아아아아아아아!!""

두 사람이 동시에 주먹을 옥상 바닥에 때려 박았다.

"——?!"

바위가 갈라지는 듯한 소리가 울리고 순식간에 바닥에 금이 갔다.

다음 순간, 밟고 선 땅이 내려앉았다.

주먹 하나로 옥상을 뚫었어?!

"아아아아아아아아아아아?!"

"꺄아아아아아아아앗?!"

나와 루키는 발 디딜 곳을 잃어 콘크리트 잔해와 함께 아래층으로 굴러떨어졌다.

"크…… 루키! 괜찮아?!"

"으, 응."

그건 그렇고, 이 녀석 아까부터 여자처럼 비명을 지르잖아!

나는 일어서서 루키를 도와 잡아당겨서 일으켰다.

"둘로 나뉘자!"

"그런가, 적을 분산시키는 거구나!"

나는 그대로 복도를 달렸고 루키는 계단을 내려갔다.

시간을 끌면 소란을 듣고 리제르 선배 일행이 와줄지도 모른다.

뒤돌아보니 비키니 아머 여전사와 에일리언, 거기에 보디빌더 x2가 쫓아오는 것이 보였다.

둘로 나뉘지 않고 모두 날 쫓아왔다.

루키에게는 그렇게 말하긴 했지만, 실제로 노리는 건 나뿐이다.

나 때문에 루키를 말려들게 할 수는 없다. 그러니 루키를 먼저 도망치게 하기로 했다.

"그렇긴 하지만! 이거 어떡하면 좋냐?!"

전력으로 달렸지만, 에일리언의 스피드가 특히 빨라서 조금만 더 있으면 따라잡힐 것 같았다.

그리고 앞쪽에 한 소녀가 기다리고 있는 것이 눈에 들어왔다.

눈가리개를 하고 양손에 검을 쥔 소녀.

'문'의 카드, 소디아!

검을 쑥 뽑는 모습에 등줄기가 떨렸다.

오른편 너머에 아래층으로 내려가는 계단이 보였다.

아래로 도망칠까 순간적으로 망설였다.

하지만 그 순간에 따라잡히고 말았다.

젠장! 여기서 받아치는 수밖에 없나!

난 그 자리에 멈춰 섰다.

돌아서자마자 '파이자드'를 쏘려고 손을 앞으로 뻗었다.

그 손보다 빠르게 내 뒤쪽에서 그림자가 튀어나왔다.

"?!"

"하아아아아아아아아아앗!!"

그 작은 그림자는 자신의 몸보다도 긴 일본도를 바람처럼 휘둘렀다.

에일리언의 몸이 공중에 뜬 채로 산산조각이 났다.

그 소녀는 은발 트윈테일을 휘날리면서 검을 쥐고 비키니 아머 여전사를 노려봤다.

"오빠에게는! 오빠에게는 손 못 대게 할 거예요!!"

"레이나?!"

레이나의 살기에 보디빌더들도 걸음을 멈췄다.

"괜찮아요?! 오빠!"

"너야말로! 그렇게 무리하면 안 되잖아!!"

그때, 등 뒤에서 엄청난 살기를 느꼈다.

레이나가 튀듯이 내 뒤로 돌아왔다. 레이나 대신 내가 비키니 아머와 노려보는 형태가 되었다.

"성가신 사람이…… 있어요, 예요."

당연히 저 소디아라는 소녀에 대해 말했을 것이다. 근데 레이나도 알고 있나?

갑자기 비키니 아머 여전사가 바닥을 박차고 덮쳐왔다.

레이나가 다시 몸을 휙 날려 내 앞에서 검을 휘둘렀다.

하단에서 대각선 위로, 여전사가 두 동강이 났다. 그 몸이 바닥에 쓰러지자 원래 모습인 피규어로 돌아가 있었다.

그건 그렇고, 역시 레이나다.

평소에는 귀여운 동생이지만, 검을 들고 있을 때에는 이만큼 든든한 아군이 없다.

하지만,

"——?!"

"레이나?"

갑자기 레이나가 가슴을 누르며 괴로운 표정을 지었다.

그 손에서 긴 일본도가 바닥에 떨어져 소리를 냈다.

"레이나?!"

기우뚱 쓰러지는 몸을 안았다.

"야, 야! 정신 차려! 레이나!!"

인형처럼 무표정한 얼굴. 아무것도 보지 않는 눈동자.

또다.

전에 쓰러졌을 때와 똑같다.

하지만 지금의 레이나에게는 어머니의 넘치는 애정이 주입되고 있을 것이다!

그런데,

어째서?!

……설마, 결국 핵의 한계가……?

이대로 죽는 건 아니겠지?!

떨리는 손으로 레이나의 볼을 만졌다. 그 얼굴에 금이 갔다.

"?!"

그만둬.

겨우 가족이 됐잖아.

이제부터 행복해져야지.

행복하게 해줄 수 있어.

내가,

오빠다운 행동을, 하게 해줘.

난 아직, 아무것도,

레이나!

다음 순간――,

레이나의 몸이 가루처럼 산산이 붕괴되어 사라졌다.

"우오오오아아아아아아아아아아아아아아아아아아아아아아아아아아아아아아아!!"

내 목에서 자연스레 절규가 뿜어져 나왔다.

뭐야,

뭐야, 이건?!

웃기지 말라고!!

이렇게, 허무하게——

죽어도 될 리가 없잖아아아아아아아아아아아!!

————?!

눈앞에는 에일리언이 당장이라도 달려들려고 자세를 취하고 있었다.

그 너머에는 비키니 아머 여전사.

어?

난 손을 앞으로 뻗으려 하고 있었다.

그렇다.

난 뒤돌아보자마자 '파이자드'를 쏘려고 했고——,

아니,

이상하다.

이건 뭐지?

아까 전에 똑같은 행동을 했을 터이다.

아니면 내 기억이 잘못된 건가.

가끔 일어나는 데자뷰라는 현상. 거짓된 기억.

어?

그런가?

아까 전에는 이 다음에 레이나가 뛰어 들어와서——,

내 앞에 작은 그림자가 끼어들었다.

"?!"

"하아아아아아아아아아아앗!!"

자신의 몸보다 긴 일본도를 바람처럼 휘둘렀다.

그 예리함은 뛰어나서 에일리언의 몸이 공중에 뜬 채로 산산조각이 났다.

작은 소녀는 검을 쥔 채로 비키니 아머 여전사를 노려봤다.

"오빠에게는! 오빠에게는 손 못 대게 할 거예요!!"

"레이나······."

레이나의 살기에 보디빌더들도 걸음을 멈췄다.

"괜찮아요?! 오빠!"

"어, 어어······."

그때, 등 뒤에서 엄청난 살기를 느꼈다.

레이나가 용수철이 튀듯이 내 뒤로 돌아왔다. 레이나 대신 내가 비키니 아머와 노려보는 형태가 되었다.

"성가신 사람이······ 있어요, 예요."

분명 레이나는 내 뒤에서 소디아의 모습을 보고 있을 것이다. 하지만 그 거리는 아직 멀다. 그보다 비키니 아머 여전사를 상대하는 것을 우선할 것이다.

하지만 그 결과는———,

예상대로일까, 기억대로일까,

레이나는 몸을 휙 날려 내 앞으로———,

"레이나!!"

난 순간적으로 마법을 쏘려고 뻗은 손으로 레이나의 팔을 붙잡았다.

"흐엣?!"

다짜고짜 뒤에서 껴안았다. 움직일 수 없도록 힘을 줘서.

"오, 오빠……?! 노, 놓으세요! 이, 이래서는, 저 녀석을 죽일 수 없어요!"

레이나는 놀라움과 부끄러움이 뒤섞여 당황한 얼굴로 필사적으로 호소했다.

"안 돼! 절대로 싸우지 마! 다음에 검을 휘두르면, 넌——!!"

"헤……?"

나는 어리둥절한 레이나에게 필사적으로 호소했다.

그런 모습은 두 번 다시 보고 싶지 않다.

두 번 다시?

방금 전에 본 그건 뭐였던 거지?

"그렇구나~, 너에게 가장 소중한 건 그 인형이구나."

비키니 아머 여전사와 보디빌더가 길을 텄다. 그 사이를 마리오스가 히죽거리면서 걸어왔다.

설마…… 아까 전의 데자뷰는 이 녀석의 소행인가?

——아니.

그 뒤에서 핑크색 머리칼을 가진 소녀가 모습을 드러냈다.

붙임성 있게 싱글싱글 웃는 얼굴.

하지만 그 팔에는 웃는 얼굴과 어울리지 않는 상처와 흘러 떨어지는 피. 한 손에는 커터.

──아마도 이 녀석이다.

마리오스는 의기양양한 웃음을 지었다.

"그 인형이 부서지는 게 무섭지? 그렇다면 이 녀석의 능력으로 몇 번이고 되풀이할 수 있다고."

"뭐라고?"

"이 녀석은 시모카즈마 린네. '휠·오브·포춘'의 고유마법 '리바이빌'은 시간을 되돌리고 반복하는 마법이다."

"그럼…… 방금 전 일은 정말로 있었던 일인가……."

"그런 거지. 만약 얌전히 말을 듣는다면 직성이 풀릴 때까지 똑같은 시간을 반복해주지. 그 인형은 부서지지 않고 끝난다고."

"큭……."

레이나가 죽지 않고 끝난다.

물론 반복하기만 해서는 근본적인 해결은 할 수 없다. 하지만 지금 레이나가 산 것은 사실이다. 만약 똑같은 일이 생기면──.

"뭐냐? 뭘 망설이는 거냐. 그럼 결심이 서게 해줄까?"

마리오스는 품에서 작은 피규어를 꺼냈다. 그것은 날개가 돋은 여성의 모습을 하고 있었다. 천사나 여신처럼 보였다.

"작은 데다가 완성도도 별로지만 너한테는 충분할 거다."

"그게…… 어쨌다는 거냐?"

"이걸 부수면 말이지, 너의 가장 소중한 것이 부서진다."

"?!"

"……오빠."

레이나가 겁먹은 듯한 목소리를 냈다.

마리오스는 우리의 반응에 만족한 것처럼 기쁘게 미소 지었다.

"최고지? 최고 아냐? 소중한 것을 잃는 건 말이야! 돌이킬 수 없는 일을 저지르는 건 말이야!"

뭐지…… 이 녀석은?

"아아…… 상상만 해도 오싹오싹해. 눈물이 날 것만 같아. 가슴을 쥐어뜯고 싶어지고 이 세상의 모든 것을 부수고 싶어져. 그런 쾌감을…… 주는 거야. 감사해줘. 아아, 하지만 네가 독차지하게 두진 않아. 나도 소중한 작품을 이 손으로 부수는 거야…… 함께 최고의 기분을 맛본다는 거지."

우리에 대한 새디스틱한 기쁨과도 조금 달랐다.

정말로 진심으로 이 녀석은 중요한 것, 소중한 것을 잃는 것에 기쁨을 느끼는 것처럼 보였다.

난 전혀 이해가 안 되지만.

변태다.

그것도 상당히 업보가 많은.

"자, 대답을 들어볼까 '러버즈'!!"

마리오스는 보란 듯이 손 안에서 피규어를 가지고 놀았다.

"이 녀석을 박살 내서 네가 가장 소중히 여기는 것을 먼저 부술까?!"

"큭……."

"그게 싫으면 내 말을 들어라! 입 다물고 우리를 따라오는 거다! 우리의 동료…… 아니, 노예가 돼서 일하는 거다!"

"……거절하겠습니다."

"……뭐?"

"……레이나?"

레이나가 대답했다.

레이나는 내 팔을 살짝 치우고 앞으로 나서서 마리오스를 노려봤다.

"오빠의 가장 소중한 것…… 그것이 무엇인지는 몰라요. 하지만 분명 레이나보다 소중한 것이 있을 거예요. 그건 선배들일지도 모르고, 아버지나 어머니일지도 몰라요…….."

레이나는 불타오르는 듯한 눈동자로 마리오스를 봤다.

"그렇다면 이 몸이 사라지는 게 나아요! 오빠가 소중히 여기는 것에는 절대로 손대지 못 하게 할 거예요! 그것이 '러버즈'의 나이트…… 여동생의 책무예요!!"

"안 돼! 그만둬, 레이나!!"

"헤…… 그럼 멋대로 부서져. 네가 부서진 뒤에 저 녀석을 죽일 뿐이다."

마리오스는 비웃듯이 말하고 손에 든 피규어를 들어 올렸다.

"자, 간다── 응?"

어디선가 땅울림이 들려왔다.

마치 번개구름이 다가오는 듯한 배 속을 울리는 소리. 그리고 발바닥에 전해져오는 진동. 대체 이건……?

마리오스의 뒤, 복도 끝에서 들려왔다. 하지만 그곳은 아까 전에 보디빌더들이 파괴한 옥상의 잔해로 막혀있다.

집중해서 본 순간, 그 잔해더미가 터지면서 깨졌다.

"유우토!!"

"뭣?!"

모래 먼지를 가르고 두 마리의 스핑크스가 끄는 고대 전차가 튀어나왔다.

그 고삐를 쥔 자는 금발에 갈색 피부를 가진 '채리엇'의 마왕 후보.

"네이트?!"

그것은 네이트의 고유마법 '탑 러너'가 만들어낸 전차. 그 돌파력 앞에서는――,

보디빌더가 비명을 지르지도 못하고 짓밟혔다.

"우옷?!"

마리오스가 황급히 피했다.

나도 레이나를 끌어안고 복도의 벽에 달라붙듯이 피했다.

네이트의 전차는 그대로 비키니 아머 여전사도 분쇄하고 우리 앞을 지나갔다.

그리고 스핀 턴을 하듯이 정지하더니 소디아를 위협하듯이 노려봤다.

"물러나세요! 몇 명이든 짓밟을 겁니다!"

하지만 소디아는 검을 거두지 않았다.

마리오스는 분노를 담은 눈으로 그런 둘을 째려봤다.

"젠장…… 이놈이나 저놈이나!"

마리오스는 번뜩이는 눈으로 나를 보더니 다시 피규어를 번쩍 들었다.

"이 자식들아, 거기서 움직이지 마라! 이 녀석을 박살 내도——."

하지만 그의 손목에서 작은 폭발이 일어났다.

"'디토네이트'!!"

"끄악?!"

마리오스의 손에서 피규어가 떨어졌다.

바닥을 향해 낙하해 가는 피규어를——.

"타아아아아아아아앗!!"

바람처럼 달려온 소녀가 캐치했다.

내 옆을 순식간에 지나간 그림자.

금발 트윈테일에 화려하고 육감적인 몸이 슬라이딩하면서 피규어를 받아냈다.

"미야비?!"

"아하하! 아슬아슬하지만 문제없어! 그럼 다음은!"

미야비는 바로 일어나서 마리오스에게 돌려차기를 날렸다.

"하아아아아아아아압!!"

마리오스는 '바리카데'로 막았지만 복도 벽에 내동댕이쳐졌다.

"끄어억?!"

마리오스는 벽에 처박히면서도 귀신같은 얼굴로 미야비를 째려봤다.

"이…… 썩을 년이…….."

하지만 미야비도 지지 않고 째려봤다.

팽팽한 분위기가 주위를 지배했다.

그 분위기를 지우듯이,

"잘도 우리 마왕 후보에게 손을 댔구나."

듣기 좋고 시원스러운 목소리가 울렸다.

뒤돌아보니 거기에는——,

"리제르 선배!!"

소디아와 대치하는 네이트 사이에 있는 계단. 아무래도 리제르 선배와 미야비는 그 계단을 올라온 듯했다.

리제르 선배는 나에게 미안한 듯이 미소 지었다.

"늦어서 미안해. 하지만——."

리제르 선배는 내 옆을 지나서 마리오스를 노려봤다.

"내가 온 이상 멋대로 하게 두진 않을 거야."

"……히메가미, 리제르."

마리오스는 벽에서 몸을 일으켜서 불쾌하다는 표정으로 선배의 이름을 불렀다. 그리고 다시 자신들과의 전력 차를 비교하듯이 순서대로 얼굴을 둘러봤다.

"……칫! 가자!!"

린네에게 거칠게 말하고는 발걸음을 돌려 떠나갔다. 린네도 그 뒤를 따라서 모습을 감췄다.

돌아보니, 네이트 너머에 있던 소디아도 모습을 감추고 없었다.

어째…… 산 듯하다.

난 어깨에서 힘을 빼고 리제르 선배에게 머리를 숙였다.

"선배, 덕분에 살았어요. 미야비도 고마워."

"에헤헤, 나한테 걸리면 이런 것쯤이야! 샤샥 하고 가서 파바박이지!"

"야, 야! 그 인형 조심해서 다뤄!"

미야비가 피규어를 쥔 손을 붕붕 휘둘러서 안절부절못했다.

"미야비, 그 인형을 줘."

리제르 선배가 미야비에게서 피규어를 받아서 뭔가를 조사하듯이 가만히 살펴봤다.

"확실히 주술적인 것이 느껴져…… 이건 우리 집에서 책임지고 보관할게."

물론 이의는 없다. 고개를 끄덕였을 때, '탑 러너' 전차를 없앤 네이트가 다가왔다.

리제르 선배는 오랜 친구에게 보이는 웃음으로 맞이했다.

"덕분에 살았어. 네이트가 시간을 끌어준 덕분이야."

"그, 그렇지는…… 난."

이라며 부끄러운 듯이 고개를 숙이고 손끝을 주물럭거리듯이 움직였다.

"아냐, 정말로 덕분에 살았어. 고마워, 네이트."

나도 감사 인사를 하니 네이트의 볼이 빨개졌고, 손끝이 움직이는 속도가 배가 되었다.

나를 살짝살짝 올려다보고는 시선을 이리저리 돌렸다.

뭔가 곤란해하는 것 같은데…… 왜 그러는 걸까?

항상 그렇지만 전차에 타고 있을 때의 시원시원한 모습과는 차이가 심하다.

네이트는 결심한 것처럼 고개를 들어 리제르 선배에게 말을 걸었다.

"그, 그래도 말이야…… 리제르. 좀 더 주의하지 않으면, 안 돼."

"뭐?"

선배는 의표를 찔린 것처럼 몸을 살짝 젖혔다.

"리제르도 미야비도, 유우토의 카드니까…… 좀 더 조심해. 유우토가 위험에 빠지지 않도록, 주의해야 해……."

예상 밖의 지적에 선배도 미야비도 눈을 희번덕거렸다.

"어…… 그, 그렇네…… 저기, 미안. 조심할게."

"나, 나도…… 그, 미안…… 해?"

두 사람은 당황하면서도 사과했다.

하지만 머리 위에는 ?가 떠있었다.

설마 다른 마왕 후보에게 지적을 당할 줄은 둘 다 꿈에도 생각지 못했을 것이고, 나도 생각지 못했다.

그런 우리의 분위기를 못 알아챘는지, 네이트는 다시 한번 쓴소리를 했다.

"항상 누군가를 곁에 두는 편이, 좋지 않을까…… 이번에는 마침 운이 좋았지만. 유우토는 지금 마왕 대전에서 성과를 가장 많이 올려서 눈에 띄니까. 아, 눈에 띈다고 하니 생각났는데, 인간이라서 쉽게 쓰러뜨릴 수 있다고 생각해서 습격해오는 사람도 많을지도 모르고."

네이트는 기세를 탔는지 리제르 선배에게 척척 다가갔다.

그 기세에 눌린 리제르 선배는 엉겁결에 뒤로 한발 물러섰다.

"그, 그래…… 네이트의 말대로야. 조금, 경비체제를 재고해 볼게……."

설마 네이트에게 밀리는 리제르 선배를 보는 날이 올 줄은 상상도 못 했다.

리제르 선배는 묘하게 땀을 흘리면서 굳은 웃음을 지었다.

"그, 그래도 말이야, 네이트? 너…… '채리엇'의 마왕 후보지?"

네이트는 그제야 깜짝 놀라며 제정신을 차렸다.

"아…… 나나나나는, 그그그그러니까!"

"마음은 고맙지만…… 괜찮아? '채리엇'의 마왕 후보로서……."

미야비도 의심스러운 눈초리로 네이트를 가만히 바라봤다.

"응. 왠지…… 우리보다는 유우토를 걱정하는 듯한 느낌이 드는데…… 네이트는 설마……."

네이트의 얼굴이 순식간에 귀까지 새빨갛게 물들었다.

"아와와와, 그그그, 그건…… 그렇지는!"

이리저리 헤매는 네이트의 시선이 내 얼굴에 딱 멈추더니,

"히야아아아아앗!!"

하고 기묘한 소리를 지르고 뒤로 돌아 도망치듯이 떠나 버렸다.

"왜 저럴까…… 네이트."

거동이 너무 수상한 나머지 걱정되었다.

하지만 리제르 선배는 냉정하게 말했다.

"유우토는 신경 안 써도 돼."

그리고 리제르 선배는 그늘진 시선으로 떠나가는 네이트의 뒷모습을 보고 있었다.

신경 쓰지 말라는 말을 들었지만…… 네이트에게 도움을 받았다는 사실은 변함없다. 언젠가 이 빚은 갚아야겠어…….

"그건 그렇고."

리제르 선배는 레이나에게 다가가더니,

"네이트 덕도 있지만, 레이나도 잘했어. 하지만…… 무리를 하게 만들었네. 미안해."

그렇게 말하면서 레이나의 볼을 살짝 쓰다듬었다. 칭찬하고 있지만 그 표정은 애처로웠다. 선배의 눈동자에서 마음의 고통이 전해져오는 듯했다.

레이나는 걱정을 끼치지 않겠다고 생각하고 있는지 힘차게 대답했다.

"아, 아뇨 아뇨, 전혀 그렇지 않아요!"

미야비는 그런 레이나를 뒤에서 꼭 안았다.

"이제부터는 우리가 똑바로 할 테니까! 레이나는 쉬어! 안 그러면 우리가 조마조마하잖아."

"네…… 죄송해요."

레이나는 조금 멋쩍은 듯이 미소 지었다.

적의 능력이라고는 해도 레이나가 죽지 않은 건 정말 다행이다.

하지만 이제 한시의 유예도 없다는 것을 뼈저리게 깨닫게 되었다.

그리고──,

드디어 마왕 대전이 본격적으로 움직이기 시작했다는 것 또한

실감하게 되었다.

지금까지 했던 것처럼 느긋하게 지내면 언제 자다가 목이 잘릴지, 뒤에서 찔릴지 모를 일이다.

하지만 나쁜 일만 있는 건 아니다.

위기일발이긴 했지만 루키가 가르쳐준 동맹에 대한 정보를 얻은 것은 수확이다.

아마 적의 주모자는 '타워'의 마리오스.

그리고 동맹 멤버는 '스트렝스' '문' '선' 그리고…… '휠 · 오브 · 포춘'.

"리제르 선배, 지금 일을 보고해두고 싶은데, 지금부터 팰리스에서 회의할 수 있나요?"

선배는 믿음직스럽게 웃으면서 대답했다.

"물론이지."

하지만 그 눈동자는 등골이 떨리는 살기로 반짝이고 있었다.

"다음은 이쪽이 공격할 차례야."

제4장

달과 별의 대결

"네~. 호시가오카 스텔라 씨 OK입니다~. 수고하셨습니다~!"

어시스턴트 디렉터의 목소리로 스튜디오의 긴장감이 한 번에 풀렸다.

"스텔라, 수고했어~!"

"오늘도 좋았어~ 스텔라. 수고했어~."

"아하하, 수고하셨습니다~. 그럼 먼저 가겠습니다~."

노래 방송의 녹화가 끝나 스텔라는 스튜디오에서 나왔다. 눈부시게 아름다운 스테이지 의상을 입고 수수한 복도를 홀로 걸었다.

매니저는 없다.

자신의 매니지먼트는 스스로 한다. 그것이 그녀의 방침이다.

대기실로 돌아가 빠르게 스테이지 의상을 벗어 나갔다.

거울에는 서서히 피부가 드러나는 자신의 모습.

팬이 보면 한 번에 발정할 법한 요염한 자태였다.

스텔라의 대기실은 특제라서 호텔 수준의 샤워실과 파우더룸이 완비되어 있다. 스테이지에서 조명의 집중포화를 맞으며 격렬한 춤을 춘 덕분에 땀이 비 오듯 흘렀다. 집에 돌아가기 전에 가볍게 샤워를 하고 가기로 했다.

시간은 밤 11시.

날이 바뀌기 전에는 집으로 돌아갈 수 있을 것이다.

스테이지 의상을 옷걸이에 걸고 백을 한 손에 들고 속옷 차림으로 파우더룸으로 들어갔다. 등으로 손을 돌려 브래지어의 훅을 풀었다. 가슴도 구속이 풀려 힘을 뺀 것처럼 형태를 바꿨다.

거울에는 브래지어 자국이 남은 가슴이 비치고 있었다. 자신이 봐도 형태가 예쁘다고 생각했다. 하얀 피부에 살짝 도드라진 색이 옅은 젖꼭지도 이 이상 품위 있을 수가 없었다.

그 끝을 손끝으로 살짝 만졌다.

자기 이외의 손이 이걸 만질 날이 올까?

문득 유우토가 리제르의 가슴을 주무르는 모습을 떠올렸다.

'러버즈'니까 어쩔 수 없다고는 해도…… 대단하네, 리제르도.

마음속으로 기가 막힌다는 듯이, 혹은 감탄하듯이 중얼거렸다. 왠지 유우토가 만지고 있는 듯한 기분이 드는 것 같아서 가슴 끝에서 손을 뗐다.

그 손끝은 왼쪽 가슴의 부드러운 곡선을 타고 가슴의 계곡 근처에 있는 작은 별에서 멈췄다.

"후훗."

스텔라는 만족스럽게 미소 짓고는 그 별을 사랑스럽다는 듯이 쓰다듬었다.

문신 같지만 아니다.

그 별은 색감을 바꾸면서 아름답게 반짝이고 있었다.

"이게 있는 한 그렇게 쉽게 내 가슴을 만질 남자는 안 나오겠지."

그렇게 중얼거리고 이번에는 팬티에 손을 걸치고 아래로 내렸다. 하얗고 매끈한 엉덩이가 드러났고, 발을 들어 속옷에서 빼 냈다.

실오라기 하나 걸치지 않은 정면 누드를 거울에 비춰본 스텔라는 만족감에 빠졌다.

스테이지 의상도 자신을 돋보이게 하지만, 역시 이 아름다움에는 못 당한다.

아무것도 몸에 걸치지 않은 이 모습이 가장 예쁘다. 그렇지만 다른 사람에게는 그렇게 쉽게 보여줄 순 없다.

하지만 이번 여름에는 수영복 화보 정도는 찍어도 괜찮을지 도—— 라며, 이후의 예정을 생각하면서 샤워부스로 향했다.

수도꼭지의 레버를 올리니 처음에는 차가운 물이 조금 나왔지만, 금방 따뜻한 물로 바뀌었다.

"아~…… 기분 좋아……."

그만 혼잣말이 새어 나왔다.

머리카락을 너무 젖게 하지 않으면서 온몸에 따뜻한 물을 끼얹었다. 탱탱한 피부가 따뜻한 물을 튕겨내고 물방울이 되어 온몸을 빈틈없이 흘렀다.

집에 돌아가면 제대로 목욕을 할 생각이니 가볍게 땀을 씻어내는 것만으로도 충분하다. 스텔라는 따뜻한 물을 잠그고 파우더룸으로 돌아가 비치된 배스 타월을 집었다. 그리고 고가의 미술품을 닦듯이 살에 묻은 물방울을 닦아나갔다.

반짝이는 피부는 그야말로 예술품. 상처 하나, 얼룩 하나 없으며 앞으로도 생기게 할 수는 없다.

하지만 피부 관리는 가지고 다니는 바디로션을 가볍게 바르기만 하기로 했다. 집에서 목욕한 뒤에 착실하게 하자.

가방 안에서 산 지 얼마 안 된 새 속옷을 꺼냈다. 프랑스 고급 브랜드의 세트업. 하얀색 하프컵 브라와 팬티다.

자수와 레이스를 대담하게 사용해서 피부도 젖꼭지도 살짝 비쳐 보였다.

본 사람은 무릎을 꿇지 않을 수 없을 것이다. 섹시함이 강함으로 느껴지는 모습.

다른 사람에게 보여주는 건 아니다. 하지만 옷 아래에 이만한 아름다움을 숨기고 있다는 사실이 자신감으로 이어져 분위기나 행동이 되어 겉으로 나타난다.

물론 옷을 입은 모습도 아름답고 멋지다.

그 옷을 벗겨내 버리면 어떤가? 도금이 벗겨지는 것과는 반대다. 오히려 다른 자를 더욱 압도하는 모습이 있다. 신기하게도 그것은 보여주지 않아도 다른 사람에게 전해지는 것이다.

거울을 향해 가볍게 윙크한 뒤, 샤넬 백을 어깨에 메고 파우더룸에서 나왔다.

대기실에서 나왔을 때, 스텔라는 어렴풋한 위화감을 느꼈다.

……?

잠시 생각한 뒤에 그 위화감의 정체를 깨달았다.

사람의 기척이 없다.

이 시간이면 아직 수많은 스태프와 관계자가 바쁘게 오가야 할 것이다. 그런데 사람의 모습은커녕 소리도, 기척조차 느껴지지 않았다.

묘한 느낌을 품고 엘리베이터 홀로 향했다.

평소에는 짜증 난 모습으로 엘리베이터를 기다리는 스태프가 있지만, 지금은 아무도 없었다.

천장의 창백한 조명이 한산한 홀을 차갑게 비추고 있었다.

바짝바짝 타들어 가는 불안감이 등줄기를 타고 올라왔다.

스텔라는 아래로 향하는 버튼을 누르고 잠시 기다렸다.

엘리베이터의 위치를 표시하는 램프가 애태우듯이 이동했다.

무기질적인 전자음과 함께 문이 열렸다.

그곳엔 끈적끈적하게 빛나는 기분 나쁜 괴물이 타고 있었다.

"?!"

여러 촉수를 가진 해파리와 문어를 붙여놓은 듯한 징그러운 괴물이 덮쳐왔다.

질뻑질뻑 하는 끈적한 소리를 내면서 촉수가 뻗었다.

"칫!"

스텔라는 순간적으로 '바리카데'를 펼치려고 했다.

"어?!"

하지만 어째서인지 발동하지 않았다.

자기 정도 되는 사람이 실패한다는 건 있을 수 없는 일이다.

그렇다면──,

뒤로 빠지면서 백으로 촉수를 쳐냈다. 자신 대신 몇십만 엔짜리 백이 희생되어 화장품과 이미 쓴 속옷이 복도에 흩어졌다.

"오홋! 호시가오카 스텔라의 팬티와 브라라고!"

괴물 뒤에서 상스러운 웃음을 띤 남자가 나타났다.

학원에서 본 듯한 느낌이 들었다. 그렇다면 역시 자신을 습격하러 온 카드.

"이 괴물은 네가 한 짓이야? 어디의 카드야?"

하지만 그 남자는 히죽거리며 기분 나쁜 웃음을 지을 뿐이었다.

"흥. 멋없는 괴물이지만, 술자인 너희들에게는 딱이네."

그 남자는 매도당해도 신경 쓰는 기색이 없었다. 오히려 기뻐하는 낌새마저 있었다.

"헤헤, 난 촉수물이 좋아서 말이야."

그때, 전자음이 두 개 겹치며 다른 엘리베이터의 문도 열렸다.

거기서 나타난 추악한 형체를 보고 스텔라는 불쾌감을 드러냈다.

하나는 해파리 같은 괴물. 처음에 나타난 괴물을 살찌운 듯한 형태이며 신장은 약 2미터. 두꺼운 몸의 꼭대기에 입이 있었고, 사냥감을 집어삼키려고 침을 흘리고 있었다.

그리고 또 하나는 말 머리를 단 남자. 다만, 고간에 거대한 남성기가 우뚝 솟아있었다.

"난 촉수물 중에서도 집어삼켜지는 장르이려나."

"아니 아니, 난 무조건 수간물이야!"

이 녀석들, 이 괴물로 날 능욕할 셈이야?

스텔라는 화나기보다는 기가 막혔다.

"하아…… 이런 걸 상대하게 만들려고 하다니. 너희 보스는 어지간히 바보구나."

"흥, 허세 부려도 소용없다고. 이 빌딩에는 특수한 결계가 쳐져있지."

"그래 그래. 새로 마법을 발동하는 것을 금지하는 결계가 말이야!"

그렇군, 이 녀석들이 자신감을 가지고 있는 건 그 때문인가.

이 괴물을 어떻게 소환했는지는 모르지만, 사전에 불러두면 결계 안에서도 부릴 수 있는 것이다.

"흐음…… 그렇, 구나!"

스텔라는 창문을 향해 달리기 시작했다.

하지만 창문에 닿으려고 한 순간, 정전기가 난 것 같은 소리가 나며 손가락이 튕겼다.

"……!"

확실히 창문에 결계 마법진이 펼쳐져 있었다. 뒤에서 남자들이 깔보는 듯한 웃음소리가 울렸다.

"아하하 필사적이네! 소용없지, 소용없어, 도망칠 곳은 없다니깐!"

"아~ 즐겁다. 그 호시가오카 스텔라로 놀 수 있다니…… 피규어로 범하는 것도 아깝지 않냐?"

"그렇지. 역시 피규어로 혼내주고 우리가……."

스텔라는 창문을 등지고 세 명의 남자와 세 마리 괴물과 마주봤다.

"일단 경고해두겠는데, 이 이상 나한테 뭔가 하려고 하면 죽는다?"

"좋네, 역시 기가 센 여자를 굴복시키는 건 못 참겠어."

"맞아. 아무리 마왕 후보라고 해도 마법을 쓸 수 없으면 평범한 여자지."

스텔라는 무서워하는 기색도 없이 두통이라도 난 것처럼 이마에 손가락을 댔다.

"이봐…… 너희 따위가 나를 쓰러뜨릴 수 있을 리가 없잖아. 너희가 단순한 버리는 패 취급받고 있다는 걸 모르는 거야?"

하지만 세 남자는 추접스러운 눈으로 스텔라의 몸을 핥듯이 바라보고 있었다.

"……아까 결계를 만졌는데, 확실히 새로운 마술식 구성을 막고 있을 뿐이었어. 이미 전개된 마법에는 무의미하다구?"

"히힛, 허세 부려도 소용없다. 사전에 이 스튜디오에 쳐뒀던 네 방어마법은 해제해뒀으니 말이야."

"아아 정말! 너희 보스는 어지간한 바보이거나, 너희를 미끼로 쓰고 있을 뿐이라고――."

남자 한 명이 바닥에 흩어진 속옷에 손을 뻗으려 하는 것을 알아차렸다.

"잠깐! 그거 만지지 마!"

"오홋! 혹시 이미 사용한 거야?! 최고잖아!"

남자는 속옷의 고간 부분을 코에 대고 숨을 들이쉬었다.

"……이."

스텔라의 얼굴이 혐오감으로 일그러졌다.

"적당히 하라고!!"

괴물을 두려워하는 기색도 없이 남자를 향해 걷기 시작한 직후──,

갑자기 격렬한 파괴음이 울렸다.

천장에 구멍이 뚫렸고 스텔라가 지금까지 서 있던 바닥에 구멍이 뚫려있었다.

"……어."

뒤돌아보는 스텔라의 뺨에 식은땀이 났다.

"잠깐! 이것도 너희 짓이야?!"

"어…… 어?"

세 남자는 당황한 것처럼 서로의 얼굴을 쳐다보기만 할 뿐이었다.

"똑바로 말해!"

스텔라는 괴물 옆으로 빠져나와 세 명이 있는 곳으로 가려다가,

"아닛?!"

어째서인지 발이 미끄러졌다.

뜻하지 않게 비틀거려 벽에 손을 짚었다.

그 순간,

스텔라의 옆, 겨우 몇 센티 옆을 정체불명의 충격파가 꿰뚫었다.

두꺼운 해파리 같은 괴물이 뚫려서 체조직이 흩날렸다. 더러운 오물이 튈 줄 알고 얼굴을 돌렸지만, 주위에 흩어진 것은 플라스틱 같은 파편뿐이었다.

"이건……."

스텔라가 위를 올려다보니, 역시 천장에 구멍이 뚫려있었다. 그리고 바닥에도——,

"!!"

스텔라는 뛰기 시작했고, 남자들을 스쳐지나가 엘리베이터 홀에서 대기실로 돌아가는 복도를 달렸다.

그 뒤를 쫓듯이 천장과 바닥에 차례차례 구멍이 뚫려 나갔다.

"그긱——." "가악——." "게옥——."

등 뒤에서 세 개의 단말마가 울렸다. 하지만 돌아보고 사체를 확인할 여유는 없다.

누군가가 빌딩 옥상에서 공격을 하고 있어?

대체 어느 마왕 후보지?

어떤 고유마법일까. 한없이 물리 공격에 가까운…… 아니, 물리 공격 그 자체로도 느껴져.

그건 그렇고, 자신의 카드를 버리는 말로 써서 내 주의를 끌다니.

정말 쓰레기 같다.

그 점은 감탄해야 하는 점일지도——?!

누군가 있다.

대기실 앞 부근에 남자가 한 명.

복도 한가운데서 딱히 무언가를 하지도 않고 서 있다.

빨간 머리칼.

사람 좋아 보이는 얼굴에 묘하게 가면 느낌이 나는 표정을 지은 남자가 있었다.

3미터 거리를 두고 멈춰 섰다.

"……네가 그 쓰레기들의 보스?"

"아냐. 그들의 주인은 '타워'야."

하지만 결계로 폐쇄된 곳에 있으니, 이 남자도 보통내기가 아닐 것이다.

"그럼…… 넌 누구야?"

그 남자는 전혀 해를 끼치지 않을 것 같은 얼굴로 미소 지었다.

"사신이야."

"?!"

천장 전체에 금이 갔다.

무너진다?!

순간적으로 도망칠 곳을 찾는 눈에 균열이 커지는 벽과 바닥이 보였다.

하지만 눈앞의 남자는 태연하게 있었다.

동반자살이라니, 웃기지 말라고!

달리려고 했을 때 발을 디딜 곳을 잃었다.

"……?!"

바닥이 무너져 붕괴했다.

도망칠 곳도 없다.

손쓸 방법도 없다.

그 직후, 천장이 낙하해왔다.

◇ ◇ ◇

방송국 녹화 스튜디오였던 빌딩은 땅 울림을 일으키면서 무너져 내렸다.

뭉게뭉게 피어오르는 연기가 잦아들자 잔해의 산으로 변한, 일찍이 빌딩이었던 것 위에서 큰 소리로 웃는 여자가 있었다.

"아하하하하하! 어때~?! 이게 '스트렝스'의 힘! 힘이야말로 정의! 힘이야말로 파워!!"

'스트렝스'의 마왕후보 산노 리카마루는 승리 포즈를 취하며 팔 근육을 과시했다.

빌딩 옥상에서 대기하고 있던 리카마루는 스텔라가 어떠한 방법으로 결계에서 탈출한 경우에 머리 위에서 숨통을 끊는 역할을 맡고 있었다.

하지만 발아래에서 느껴지는 사냥감의 기척에 참지 못했다.

자기도 모르게 그만 주먹을 휘두르고 말았다.

그 결과가 스텔라를 덮친 포탄 같은 공격이다. 5층짜리 빌딩의 옥상에서 지하까지 충격파가 꿰뚫었다.

그리고 마지막 일격은 빌딩 자체를 무너뜨릴 정도의 위력을 가지고 있었다.

"'스타'의 호시가오카 스텔라도 별것 아니네! 하지만 그건 리카마루가 너무 강하기 때문이지!"

하지만 숨통을 끊은 건 스텔라뿐만이 아니었다.

안에 있던 '타워'의 카드, 그리고 로스트도 휘말렸다.

빌딩에 인접한 주차장에서 처음부터 끝까지 다 보고 있던 마리오스는 무너져 사라져버린 빌딩을 보고 새파랗게 질렸다.

"이 자식아아아아아아아아아아?! 무슨 짓거리냐!! 제엔자아아아아아아아앙!!"

저 빌딩에 보낸 건 '타워'의 코트 카드 세 장. 나니와, 카라스마, 야마시타 세 명이었다. 그 셋이 빌딩 잔해 아래에 깔렸다.

결계가 쳐져 있었기 때문에 통상적인 마법은 사용할 수 없다. 몸을 지키는 것도, 탈출 또한 뜻대로 안 됐을 것이다.

순식간에 일어난 일이라고는 해도 리키마루는 동맹을 맺은 '타워'의 카드와 '데스'를 망설임 없이 희생했다. 하지만 일을 일으킨 장본인은 전혀 신경 쓰는 기색이 없었다.

"아하하하, 절호의 찬스라서! 뭐~ 결과가 좋으니까 된 거지!"

"어디가 말이냐?! 죽어버렸잖아!!"

밝게 웃는 얼굴이 확 변해서 리키마루의 웃음은 박정한 표정으로 바뀌었다.

"아~…… 안타깝지만 어쩔 수 없지~. 이건 마왕 대전이니까. 약한 녀석은 죽을 수밖에 없잖아~."

마리오스는 주먹을 쥐고 이를 갈았다.

"젠장…… 최악이다, 최악…… 크, 크크큭."

마음속 어딘가에서 이 상황을 즐기는 자신이 있었다. 설마 이런 형태로 카드를 잃을 줄은 상상도 못 했다. 하지만 이렇게 될지도 모른다는 예감은 있었다.

죠도가하마 로스트는 사신── 아니, 재앙신이다.

그 녀석은 날 굴러 떨어뜨린다.

몸이 오싹하고 떨렸다.

추락해 가는 쾌감. 자신이 불행해지고 망가져 가는 퇴폐적인 쾌락.

점점 자신이 차기 마왕을 노리고 있는 건지, 파멸을 바라고 있는 건지 알 수 없게 된다.

하지만 그것도 끝이다.

자신을 굴러 떨어뜨릴지도 모르는 로스트도 지금은 잔해 아래에 깔려있다. 어차피 살 수 없을 것이다.

다행히 아직 에이스와 퀸 카드는 남아있다.

당분간은 몸을 숨기고──,

"뭐…… 라고?"

잔해더미의 일부가 들썩하고 흔들렸다.

"읏차."

잔해가 쓰러지니 그 안쪽은 터널처럼 되어 있었다.

콘크리트 벽과 철골이 적절하게 맞물려 잔해더미 속에 공간을 만들고 있었다.

그 속에서 모피가 달린 교복을 입고 색이 옅은 미소녀가 모습을 드러냈다.

"정말, 요란하게도 저질렀네…… 이 방송국에서 정기 촬영이 있는데 어떡할 거야?"

그것은 '스타'의 마왕 후보.

"호…… 호시가오카 스텔라?!"

상처 하나 없다.

그래도 옷에는 먼지가 묻어있었지만, 그뿐이었다.

잔해 위에 선 리키마루는 감탄한 것처럼 휘파람을 불었다.

"이거 놀랍네! 잘도 무사했구나~!!"

스텔라는 잔해더미에서 벗어나 리키마루를 올려다봤다.

"그 난폭한 공격은 역시 너였구나. 산노 리키마루."

"하하하. 직접 쓰러뜨리지 못한 건 아쉽지만, 리키마루의 역할은 여기까지이려나! 뒷일은 스텔라에게 러브러브한 녀석들에게 맡길게!!"

리키마루는 잔해 반대편으로 뛰어내려 모습을 감췄다.

"뭐야…… 러브러브한 녀석들이라니."

주위를 둘러본 스텔라는 주차장 구석에 있는 마리오스에게 시선을 고정했다.

"네가 그래?"

"나…… 나는…….."

마리오스는 이마에 진땀이 났다.

──젠장, 최악의 상황에 맞닥뜨리고 말았다!!최고 걸작은 아틀리에에 그대로 있다. 빌딩이 무너졌을 때 철수했어야 했다.

마리오스가 한 걸음씩 뒷걸음질 치기 시작했을 때, 근처에 주차되어 있는 차의 헤드라이트가 켜졌다.

"?!"

빔 같은 빛이 스텔라를 비췄다.

스텔라는 너무 눈이 부신 나머지 손을 얼굴 앞으로 내밀었다. 그리고 눈을 가늘게 뜨고 그 차를 노려봤다.

이탈리아제 고급 스포츠카. 조수석의 문이 열리고 한 여자가 내렸다.

"스텔라~ 그 녀석이 아니야. 너한테 푹 빠진 사람은."

"그 목소리…… 산사구나? 그렇다는 건──."

운전석에서 키타카미 루나틱이 모습을 드러냈다.

"역시 너희들인가…… 정말이지. 차례차례로……."

지긋지긋하다는 표정의 스텔라와는 대조적으로 루나틱은 엷은 웃음을 띠었다.

"오늘 밤은 달이 아름다워. 여행을 떠나기에는 좋은 밤이야. 호시가오카 스텔라."

루나틱은 헤드라이트를 등지고 스텔라에게 갔다.

"힘내~♥ 루나~!"

산사는 차 문에 팔꿈치를 걸치고 손을 흔들었다.

스텔라는 그런 산사에게 차가운 시선을 보냈다.

"넌 안 해?"

산사는 노려보는 스텔라에게 주눅 들지 않고 대답했다.

"그래. 난 응원만 할 거야♪ 루나한테 맡길 거야."

"괜찮아? 쳐죽일 건데."

"홋…… 대단한 자신감이군."

루나틱은 멈춰 서서 스텔라를 깔보듯이 턱을 들었다.

"그런데 용케도 무사했군. 어떻게 했지?"

"별은 모든 운명을 관장해. 나에게는 행운의 별이 붙어있지."

"……웃기는 소리. 처음의 인형술사는 페이크지만, 리키마루의 공격은 행운으로 피할 수 있는 게 아니다. 결계에 구멍이라도 있었나?"

"결계는 잘 만들어져 있었어. 하지만 이미 발동한 마법에 효과가 없으면 의미가 없지. 뭐, 효과가 있었으면 그건 그거대로 결계를 칠 때 알아차렸겠지만."

"지속 효과가 있는 마법이라고……?"

스텔라는 시선만 위로 올려 루나틱을 쳐다보면서 윗옷의 단추를 풀기 시작했다. 더 나아가서 셔츠의 단추도 풀어 앞섶을 열고 가슴팍을 드러냈다.

남자라면 눈을 돌릴 수 없는 하얗고 아름다운 골짜기.

거기에 색을 바꾸면서 빛을 내는 별이 붙어있었다.

"말 그대로 나한테는 행운의 별이 붙어있어. 고유마법 '홀로스코프'에 의한 행운의 별이 말이야."

얼핏 보면 별 모양 스티커를 붙인 것처럼 보인다.

루나틱은 미간을 찌푸리고 스텔라의 가슴팍에서 반짝이는 별을 응시했다.

"너의 그것이…… 위험을 알려주는 건가?"

스텔라는 흐흥 하고 자신만만하게 코웃음 치고는 보여주기 아까운 것을 숨기듯이 풀어헤친 앞가슴을 가렸다.

"행운을 만들어내서 내 몸을 자동적으로 지켜주는 거야. 24시간 체제의 완벽한 마술 시큐리티지."

루나틱의 눈빛이 점점 험악해져 갔다.

원리는 안다.

특정 공간을 지키는 결계의 응용⋯⋯ 에 가깝다. 하지만 결계는 보통 움직이지 않는 토지나 건물에 치는 것이다. 그것을 살아서 움직이는 것에 계속해서 건다.

게다가 단순히 적의 눈을 속이거나 공격을 막는 것과는 다르다.

전방위, 게다가 넓은 범위로부터의 위협을 계속해서 감시하고 술자 본인조차 알아차리지 못하는 수준으로 피하게 만드는 자동회피 기능을 부여한다. 그걸 24시간, 365일, 술자가 깨있을 때도, 자고 있을 때도 보호한다면——,

그건 완전히 기적 레벨이다.

절대적인 행운을 가지고 있는 것과 마찬가지다. 하지만——,

"그걸 실현하는 데 대체 마력을 얼마나 소비하고 있는 것이냐⋯⋯."

루나틱은 계산할 수조차 없었다.

귀족은 인간들로부터 에너지를 착취하고 있다. 인간의 마음이 움직이면서 발생하는 정신 에너지를 마력으로 변환하여 회수하고 있는 것이다.

하지만 스텔라가 하고 있는 것을 실제로 하려고 하면, 나름의 영지를 가진 귀족이라 하더라도 금방 몰락하고 말 것이다.

"내 영지의 주민은 영지에 존재하지 않아. 전 세계, 어디에든 있지."

"뭐야?"

스텔라는 대담하게 씨익 미소 지었다.

"난 내 마력 같은 건 안 쓰고 있어. 이 마력은 전부 내 팬이 바치고 있는 거야. 수명마저 깎아서 바칠 정도로…… 말이지."

"뭐라고……? 그런 바보 같은 일이──."

"있어."

스텔라는 플래티넘 블론드에 가까운 옅은 갈색 머리칼을 털고는 몸을 유연하게 휘게 만들었다.

"내 팬을 얕보지 말아줘. 굳건하고 강한 사람들이야. 항상 내 생각을 하고, 내 모습, 목소리, 퍼포먼스에 취해 있지. 그 마음이 전부 내 에너지가 된 거야."

"그런 건…… 금방 다 떨어진다."

"수명이라고 해도, 한 사람 한 사람에게서 취하는 건 얼마 안 돼. 그래도 수가 막대해. 게다가 새로운 팬은 항상 늘어나고 있지. 내 에너지원에 한계는 없어."

스텔라는 의기양양하게 루나틱을 바라봤다.

그대로 서로를 바라보길 몇 초.

"후후후……."

루나틱은 입을 다물고 웃는 듯한 소리를 흘렸다.

"그런 건가. 네 힘의 비밀을 알았어."

루나틱은 연극을 하는 듯한 동작으로 왼손을 옆으로 뻗어 손가락을 딱 튕겼다.

그러자 차의 헤드라이트가 꺼졌다.

주위는 어둠에 휩싸여야── 했다.

하지만 루나틱의 뒤에는 여전히 크고, 둥글고, 밝은 것이 떠

있었다.

스텔라의 얼굴에 긴장이 일었다.

"……설마!!"

그것은 은빛으로 빛나는 달.

"그 눈에 새기는 것이 좋을 것이다. 나의 고유마법 '퀸·오브·나이트'를 말이다."

스텔라는 반사적으로 머리 위를 올려다봤다. 거기에는 익숙한 달이 떠 있었다.

루나틱의 등 뒤에 있는 것은 고유마법이 만들어낸 또 하나의 달. 하지만 그게 대체 어떤 효과를 준다는 것인가.

스텔라는 가슴의 별을 의식했다.

행운의 별은 유효―― 그렇다면 저것 자체에는 해가 없다는 것인가.

루나틱은 앞머리를 쓸어 올리는 손을 중간에 멈추고 흘러내리는 머리카락 사이로 스텔라를 응시했다.

"스텔라여. 너의 행운의 별은 대단하다. 하지만 큰 구멍이 있다."

"구멍?"

"너의 그것은 분명 행운을 가져다주는 별일 것이다. 분명 내 공격조차 얼씬도 못 하게 하겠지."

"잘 알고 있잖아."

――그런데 루나틱의 이 자신감은 대체 뭐지?

"하지만 공격을 하는 것이 너 자신이라고 한다면 어떻게 되지?"

"뭐?"

이 녀석, 무슨 말을 하는 거야?

적이 자기 자신이라니――,

"――설마."

스텔라가 깨닫는 것과 동시에 루나틱은 은빛 앞머리를 털었다.

뒤에 있는 달이 요사스럽게 반짝였다.

"'퀸 · 오브 · 나이트'여! 스텔라의 마음속에서 저 녀석 자신의 공포를 끌어내라!!"

역시―― 정신공격인가.

스텔라는 코웃음 쳤다.

"안타깝네. 진부한 정신공격이라니, 그런 건――."

시야가 휘청 흔들렸다.

"……어?"

말도 안 돼.

나의 '홀로스코프'라면 정신공격도 대항할 수――,

맞다.

이 녀석은 아까 뭐라고 말했지?공격하는 것은 나 자신?

"내 '퀸 · 오브 · 나이트'를 세뇌나 암시 따위와 똑같이 취급하지 마라. 이 고유마법은 상대에 대한 공격행위, 직접적인 간섭은 전혀 하지 않는다."

"뭐…… 라고?"

"'퀸 · 오브 · 나이트'가 하는 일은 그저 너 자신의 공포, 잠재의식 속의 트라우마, 마음속에 숨어있는 짐승을 풀어주는 것,

그뿐이다. 단——."

루나틱은 번뜩이는 눈동자로 미소 지었다.

"그 짐승은 널 광기로 이끌어 너 자신을 파괴하도록 만들지만 말이야."

"크……윽!"

눈앞의 풍경이 일그러지고 회전하기 시작했다.

"누구든 마음속 깊은 곳에 광기를 지니고 있지. 누구든지 자기 자신을 죽이는 광기의 짐승을 기르고 있어. 풀어주는 것도, 길들이는 것도 불가능한 괴물을. 그것은 자신의 정신을 먹고——산송장이 되지."

"그딴 것에…… 내가 질 리가 없잖아?!"

"최대의 적은 자기 자신. 타인에 의해 타락하는 게 아니야. 누구든 스스로 타락해 가는 법이지."

의식이 자기 속의 깊은 곳으로 끌려들어 갔다.

안 돼! 어떻게든 버텨야 해!!

"소용없어. 넌 이미 달에 홀렸어."

"이…… 이 자식! '스타'의 호시가오카 스텔라를 얕보지 말라고!!"

손을 뻗어 공격 마법을 쏘려고 했다.

하지만 당장이라도 의식을 잃을 것 같았다.

"이 밤하늘을 지배하는 것은 달의 왕. 달에게 다가오는 별은 보이지 않게 되는 것이 이치지."

루나틱은 눈을 가늘게 뜨고 차가운 미소를 띠었다.

"떨어져라. 넌 그래봐야 별똥별이다."

"──!!"

스텔라의 시야가 새까매졌다.

다리를 붙잡혀 깊은 골짜기 밑바닥으로 끌려들어 가는 듯한 느낌.

떨어진다.

떨어진다.

떨어진다.

정신을 차리니 부드러운 융단 위에 서 있었다.

"……어."

그리운 방.

마계에 있는 집의 거실이다. 하지만 유난히 방이 넓었고 가구가 크게 보였다.

그 이유를 깨달았다. 시점이 굉장히 낮다.

난 어느샌가 어린이로 돌아가 있었다.

"누님."

소파에 동생이 앉아있었다.

"왜 그러니, 스텔라. 그런 곳에 멍하니 서서."

창가의 소파에는 아버님.

"자, 밥이에요. 스텔라도 자리에 앉으렴."

어머님.

안 돼.

이제 곧 그 녀석이 올 거야.

다들 위험해.

"많이 먹고 강해져라. 스텔라는 우리 일족의 기대주니까."

기분 좋아 보이는 아버지. 그리고 동생도 존경의 눈빛으로 바라봤다.

"누님은 엄청 강하지. 분명 누구에게도 지지 않을 거야."

그렇다. 난 또래 친구에게 진 적이 없다.

내 마법은 어른에게도 지지 않는다.

분명 난 최강일 거야.

무슨 일이 생겨도 내가 집을 지켜내 보이겠어.

이때의 나는 그렇게 믿고 있었다.

──그 녀석이 오기 전까지는.

동생의 목이 날아갔다.

아버님은 납작하게 뭉개졌고, 어머님은 산산조각이 났다.

난 도망쳤다.

눈물과 콧물과 침을 흘리면서.

내가 왜 이런 꼴을.

갑자기 들이닥친 불합리한 일에 전혀 저항하지 못했다.

용서를 빌고 필사적으로 사죄의 말을 입에 담으며 도망쳤다.

하지만 그 녀석이 쫓아온다.

잡히면 어떻게 죽임을 당할까.

의미를 이루지 못한 오열을 흘리면서 정원수가 밀집된 곳 속으로 숨었다.

그 녀석이 다가온다.

입을 막아 목소리가 새어나가지 않도록 했다.

온몸에 경련이 일어난 것처럼 떨려서 멈추지 않았다.

크고 검은 그림자가 다가온다.

가족의 원수를 갚을 상황이 아니다.

나는 나만은 살게 해달라고 빌었다.

그 녀석이 온다.

온몸이 떨리고 눈물을 멈출 수 없었다.

발소리를 듣는 것도 무섭다. 모습을 보는 것도 무섭다.

하지만 눈을 감고, 귀를 막고, 언제 찾아올지 모르는 죽음에 떠는 것도 무섭다.

무엇을 해도 무섭다.

무력.

운명은 스스로 어떻게 할 수 없는 것이라며 나는 절망했다.

난 이렇게나 약하고 무의미한 존재였구나.

체념과 깨달음을 얻었다── 그럼에도 불구하고,

그 녀석이 내 앞에서 걸음을 멈췄을 때,

나의 공포는 한계를 넘어섰다.

"싫어어어어어어어어어어어어어어어어어어어어어어어어어어어어어어어!!"

스텔라는 절규를 터뜨렸다.

그것은 듣는 사람마저 공포를 느끼게 하는 외침이었다.

절규가 여운을 끌었고, 이윽고 사라졌다.

주차장 한가운데에 스텔라가 우두커니 서 있었다.

양손을 축 늘어뜨리고 몸의 힘이 완전히 빠져있었다. 눈은 열려 있었지만, 그 눈은 아무것도 보고 있지 않았다. 살짝 벌어진 입술이 들을 수 없는 목소리로 뭔가를 중얼거리고 있었다.

그 모습에 이전의 별과 같은 반짝임은 없었다. 마치 산송장과 같았다.

루나틱은 훗 하고 웃음을 흘렸다.

"······별은 졌다."

산사가 차 문에 팔꿈치를 걸친 채로 박수 쳤다.

"대단해~♪ 역시 루나! 멋있어~!!"

마리오스는 처참한 스텔라의 모습을 보고 아연실색했다.

"이것이······ '문'의 힘인가."

그 스텔라를 일격에 폐인으로 만든다고······? 터무니없는 괴물이잖아.

하지만 이걸로 녀석의 힘을 알았다.

할 수 있어. 나의 '바벨·타워'라면 이길 수 있어.

자칫 잘못하면 둘 다 죽지만 자신이 스스로의 광기에 먹혀 죽는 것을 상상하니, 그건 그거대로 마음이 들떴다.

마음속으로 흐뭇해하면서 스텔라에게 걸어가는 루나틱을 바라봤다.

"별은 폭발하기 전에 가장 밝게 빛난다고 하지. 너의 빛도 한순간의 반짝임──."

"후······ 후후후후."

고개를 숙인 채로 있는 스텔라에게서 웃음소리가 들렸다.

루나틱의 표정이 흐려졌다.

"――뭐야?"

"고마워, 키타카미 루나틱. 기억나게 해줘서."

"……이럴 수가."

루나틱은 믿을 수 없는 것을 보는 듯한 눈으로 고개 숙인 스텔라를 바라봤다.

"넌 완전히 '퀸 · 오브 · 나이트'로……."

"그래, 덕분에 오랜만에 기억해냈어."

고개를 든 스텔라의 눈동자에 별이 반짝이고 있었다.

"요즘 너무 평화에 젖어 있어서 말이야…… 그만 복수심이 희미해져서 곤란했었거든."

"너……."

루나틱의 얼굴이 굳어졌다.

"감사의 증표로 비장의 별을 선물해줄게."

스텔라의 오른손이 천천히 올라가 루나틱의 얼굴을 가리켰다.

"큭!"

루나틱은 뒤로 크게 물러났다. 한 번에 산사가 있는 차 근처까지 물러났다.

지금 스텔라가 무엇을 하려고 했는지는 모른다.

하지만 터무니없는 위험을 느꼈다.

대체 뭘 꾸미고 있는 거지?

하지만 일단은 스텔라의 계략을 피한 듯했다.

루나틱은 경계를 풀지 않고 스텔라를 관찰했다.

어떻게 이 여자를 쓰러뜨리지?

나의 '퀸 · 오브 · 나이트'를 버틴 여자를.

아니, 그건 있을 수 없는 일이다.

그렇다면…… 녀석의 '홀로스코프'가 영향을 끼쳤다고 생각하는 것이 타당하다.

"……귀찮은 여자다."

스텔라는 루나틱을 가리킨 채로 호기로운 웃음을 띠고 있었다.

"어때? 마음에 들었어?"

"……?"

몸에는 이상이 없다.

딱히 마법이 사용된 흔적도 없다.

그냥 허세인가? 그런 것 치고는──,

"루나…… 그거, 뭐야?"

산사가 루나틱의 볼을 가리키고 있었다.

"?"

볼을 만졌지만 루나틱 본인에게는 보이지 않았다.

"뭐가 말이야? 산사."

"볼에, 별이 붙어있는데……."

"?!"

스텔라를 경계하면서 차의 사이드미러에 얼굴을 비췄다.

확실히 오른쪽 볼에 검은 별이 붙어있었다.

"뭣……."

문질러도 세게 긁어도 뗄 수 없었다.

"너…… 이건 뭐냐."

스텔라는 팔짱을 끼고 잔혹하게 웃으며 선고했다.

"죽음의 별이야."

"……?!"

"너의 수명은 앞으로 하루. 그만큼 있으면 신변정리도 할 수 있지? 어디 열심히 이 세상과의 이별을 아쉬워해 봐."

루나틱의 전신에 식은땀이 났다.

"후…… 헛소리를."

"'홀로스코프'가 수비에만 쓸 수 있는 줄 알았어?"

"……?!"

"늦든 빠르든 넌 이제 죽을 거야, 루나틱. 천천히 준비하고 죽을 건지, 지금 당장 죽고 싶은지, 어느 쪽을 원해?"

"후……."

루나틱은 초조함과 공포를 억누르고 미소 지었다.

"어느 쪽도 아니야…… 먼저 널 죽일 뿐!"

손가락을 튕기자 떨어진 곳에 주차되어 있던 차에서 세 명의 소녀가 모습을 드러냈다. '문'의 카드인 퀸과 나이트, 그리고 Ⅱ인 니혼도 소디아다.

하지만 스텔라가 '문'의 증원을 신경 쓰는 기색은 없었다. 여유로운 웃음을 짓더니 목에 두른 모피 아래에 손끝을 넣어──,

"신기하게도 오래 사는 것을 선택하는 녀석은 없단 말이지……."

한 장의 카드를 꺼냈다.

천공에 반짝이는 별들과 알몸 여성 모양—— '스타' 아르카나.

"별은 운명을 관장하지 네 운명은 지금 여기서 끝을 고한다."

'문'의 카드들이 스텔라를 향해 달렸다.

동시에 루나틱의 등 뒤에 다시 거대한 달이 떠올랐다.

"다시 한번 너의 광기를 끌어내 주마! '홀로스코프'라고 하더라도 몇 번이나 버티지는 못할 것이다!!"

스텔라의 녹색 눈동자가 반짝였고, 입가에는 잔학한 웃음이 떠올랐다.

"그럼, 저게 **떨어지기 전에** 하는 게 좋을 거야."

하늘을 가리키듯이 '스타' 아르카나를 들어 올렸다.

"'갤럭시 · 제로'!!"

"?!"

루나틱은 용수철이 튀는 것처럼 머리 위를 올려다봤다.

빛나는 구체가 떠 있었다.

'퀸 · 오브 · 나이트'의 달이 아니다.

저건, 뭐지?

그렇게 생각한 것은 한순간.

그것은 유성—— 낙하하는 운석이었다.

소리를 지를 틈도 없었다.

음속을 아득히 뛰어넘는 천체는 무자비하게 루나틱의 몸을 뭉개버렸다.

뒤에 떠 있던 달이 부서졌다.

그 충격은 지진처럼 지면을 흔들었다.

유성이 낙하한 충격파가 거대한 불꽃과 충격파를 만들어냈다.

"——?!"

'문'의 카드가 불꽃에 삼켜진 다음 순간, 충격파로 머리와 팔다리가 날아갔다.

차원이 다른 폭발은 지면을 도려냈으며 말려 올라간 아스팔트가 쓰나미처럼 주위로 밀어닥쳤다.

주차되어 있던 차는 남김없이 날아가 주위 빌딩의 벽에 처박혔다. 그리고 빌딩의 벽면에 균열이 생겼고 유리는 산산이 부서졌다.

폭발이 잦아들자 주차장이었던 곳에는 커다란 크레이터가 생겨나 있었다.

스텔라는 그 폭심지에서 내뱉듯이 말했다.

"——위성 따위가. 항성한테 까불지 말라고."

'갤럭시 · 제로'는 '홀로스코프'와는 완전히 다른 또 하나의 고유마법.

압도적인 파괴력을 가진 대량학살마법이다.

"아직도 싸울 생각이야?"

스텔라는 또 하나의 항성에게 물었다.

그 항성은 빠르게 크레이터의 끄트머리보다 더 먼 곳에 피난해 있던 '선'의 산사이다.

"루나가…… 죽어버렸어."

멍하니 크레이터를 바라보는 산사. 그 뒤에는 얼굴이 창백해진 마리오스의 모습도 있었다.

　잘 되면 둘 중 한 명도 휘말리게 해서 처리하려고 했지만──,

　……그래도 마왕 후보다. 휘말리게 해서 처리할 수 있을 정도로 쉽진 않나.

　스텔라는 의기양양하게 웃으며 반복해서 물었다.

　"너 혼자서 할래? 아니면 뒤에서 떨고 있는 네가 싸울래?"

　마리오스는 어깨를 움찔하고 떨었다. 하지만 산사는 마리오스가 안중에도 없는 듯했다. 산사는 눈물을 숨기듯이 양손으로 얼굴을 덮었다.

　"아아…… 이런 건, 너무해…… 루나. 루나가…….″

　"이래선 끝이 안 나겠네…….″

　지겨워지기 시작했을 무렵, 스텔라는 크레이터 반대편에 선 또 하나의 그림자를 알아차렸다.

　"흐음…….″

　그것은 눈가리개를 한 소녀.

　분명…… 루나틱에게 불려서 나온 카드 중 한 명.

　위력을 억제하고 영역을 한정했다고는 해도 그 폭발로부터 도망치다니…… 꽤나 하네.

　하지만 주인인 루나틱이 죽은 이상 저 소녀가 자신에게 공격을 한다는 건 있을 수 없는 일이다.

　외모도 나쁘지 않다. 다음에 스카우트해 볼까.

　그런 생각을 하면서── 스텔라는 산사에게 시선을 돌렸다.

　"그래서, 결국엔 어떻게 할 거야? 여기서 원수 갚을래?"

짝의 죽음을 슬퍼하며 탄식하던 산사가 갑자기 얼굴을 들었다.

"왜?"

그 얼굴에 눈물 자국은 없었고 표정은 멀뚱멀뚱했다.

그 반응에는 스텔라도 조금 놀랐다.

"왜냐니…… 짝이었잖아?"

산사는 대각선 위를 보며 '음~' 하면서 조금 고민하는 소리를 내고,

"하지만 이미 죽었잖아. 다른 상대를 찾을 거야."

시원스레 대답했다.

아까 전까지의 탄식은 무엇이었나.

스텔라는 약간 기가 막힌다는 태도로 한 번 더 물었다.

"좋아했던 거 아냐?"

산사는 옅게 미소 짓고는 팔짱을 꼈다.

"어쩌려나? 짝이라고 해도 내가 없으면 빛날 수 없는 남자였으니 말이야."

"여전하네…… 그런 면은 싫어하지는 않지만, 좋아하지도 않아."

"그래? 난 네가 싫은데?"

"알고 있어."

3초 정도 서로 째려본 후에 산사는 등을 휙 돌려 떠나갔다.

그 뒤에 있던 마리오스도 뒤를 쫓듯이 모습을 감췄다.

남은 건 스텔라 한 사람.

주위의 상황을 살피고 더 이상 적이 없다는 것을 확인했다. 그러고 나서야 겨우 스텔라는 어깨의 힘을 뺐다.

"하아아아~······ 조금 위험했어어어어······."

기세를 타고 고유마법을 너무 많이 썼다.

"정말이지, '홀로스코프'로 죽음의 별이라는 코스트가 드는 걸 쓴데다가 '갤럭시·제로'라니······ 두 번이나 죽여서 어쩌자는 거야."

이유는 알고 있다. 그런 걸 봤기 때문이다.

그래서 그만 이성을 잃고 말았다.

"뭐, 상관없나. 내 전설의 1페이지가 되겠지."

"그렇네, 훌륭했어."

등줄기에 한기가 일었다.

순간적으로 '바리카데' 마술식을 구축하면서 뒤돌아봤다.

거기에는 이전에 빌딩이었던 잔해더미가 있었다.

'갤럭시·제로'의 충격파로 반쯤 날아가서 높이가 반 정도로 줄어 있었다.

그 잔해에 걸터앉은 남자가 이쪽을 보고 미소 짓고 있었다.

"내 입장에서는 호화로운 걸 두 개나 봐서 눈이 호강했어."

"너······."

빨간 머리 소년.

대체 언제부터 거기에······?

"······너도 무사했구나. 어떻게 탈출한 거야?"

"탈출?"

그 소년은 일어서서 바지에 묻은 먼지를 털었다.

"도망 안 갔어. 계속 이 아래에 파묻혀있었어."

"파묻혀……?"

거짓말인지 진짜인지 모른다. 자신과 똑같은 능력을 가진 마족인 걸까.

"사신이라고 했었지. 제대로 이름을 대. 넌 뭐야?"

그 소년은 씨익 웃더니,

"그렇네, 미안해. 난 죠도가하마 로스트. '데스'의 마왕 후보야."

"──?!"

도중까지 구축했던 '바리카데'를 완성해서 전면에 전개했다.

공격 마법 준비를 진행하면서 마음속으로 욕을 퍼부었다.

이 녀석이 '데스'?!

'데스'의 마왕 후보는 지금까지 존재가 명확하게 밝혀지지 않았었다.

어디의 누가 선택을 받았는지.

정체를 몰랐던, 마왕 후보.

그게…… 이 녀석이야?

외모도 알맹이도 강렬한 존재감은 느껴지지 않았다.

오히려 김이 샜다.

하지만 '데스' 아르카나를 가진 이상 보통내기는 아닐 것이다.

아아── 정말! 역시 마력을 너무 많이 썼어!

스텔라가 초조감에 휘둘리고 있으니, 로스트는 맥이 빠진 모습으로 손을 저었다.

"아아, 싸울 생각은 없으니까 안심해."

그렇습니까, 라며 간단히 믿을 수는 할 수 없다. 스텔라는 경계를 풀지 않고 계속해서 노려봤다.

"그럼, 인사하러 온 거야?"

"권유야. 너, 우리 동맹에 안 들어올래?"

"동맹, 이라고?"

"응. 일시적으로 협력해서 성가신 상대를 정리하자는 거야."

"······."

성가신 상대······ 인가.

"거절할게. 난 누구의 지시도 안 받을 거고, 속박되는 것도 싫어. 무엇보다도── 난 다른 사람을 안 믿어."

"응, 예상대로의 대답이야. 뭐, 나도 예의상 한 번 물어봤을 뿐이지만."

로스트는 스텔라에게서 시선을 떼고 잔해더미에서 내려와 주차장 출구로 걸어갔다.

"그럼 먼저 갈게. 다음엔 죽일지도 모르지만, 잘 부탁해."

"······할 수 있어? 네가?"

로스트는 고개를 살짝 갸웃하고 스텔라를 돌아봤다.

"죽음을 초래하는 게 '데스'의 전문분야라는 걸 몰라?"

시체 같은 눈동자가 차갑게 스텔라를 바라보고 있었다.

"──난 너희 모두에게 죽음을 초래해. 기억해두는 게 좋을 거야, 명문 귀족 아가씨."

스텔라의 살갗에 소름이 돋았다.

뭐?

뭐야, 이 녀석.

보통 마족이 아니야.

뭔가 달라.

그리고,

만약, 이 녀석이 진심이라면——,

정말로 지금 여기서 살해당하고 만다—— 그런 느낌이 들었다.

"큭……."

스텔라는 로스트의 모습이 보이지 않을 때까지 그 자리에서 한 발짝도 움직일 수 없었다.

제5장	사신

빌딩 공사 현장.

철골 뼈대 위에 동맹을 맺은 마왕 후보들이 서 있었다.

"어어이!! 그건 대체 뭐냐고 이 자식들아아아아?!"

마리오스는 끓어오르는 분노를 모조리 쏟아내듯이 외쳤다.

"'스트렝스'! 너 때문에 내 코트 카드가 세 장이나! 세 장이나 없어졌잖아!! 어떻게 할 거냐고 이 자식아아아!!"

하지만 '스트렝스'의 산노 리키마루는 시끄럽다는 듯이 귀를 후비면서 대답했다.

"시끄럽네, 딱히 상관없잖아. 보충하던지."

"……! 그렇게 간단히 되겠냐!! 난 물건을 만드는 특수한 재능이 필요하다고!"

'선'의 산사 · 서머즈가 중재하듯이 끼어들었다.

"자자, 마리오스도 진정해~ 사이좋게 지내자?"

"가능하겠냐!!"

마리오스가 보기에는 산사의 태도도 믿기 어려웠다.

이 녀석은 원래 '문'의 키타카미 루나틱과 같은 패거리가 아니었나?

"넌 괜찮냐. 루나틱도 죽었다고? 남자친구 아니었냐고."

"음~, 그렇지만 죽어버린 건 어쩔 수 없단 말이지~."

젠장! 이 자식은 말이 안 통해.

진짜로 연인이 아니었나? 태도를 보면 적어도 푹 빠져있는 것 같았는데, 대체 뭐지? 이 시원시원한 태도는.

"뭐, 그래도 얼른 다음 걸 준비해야 해~."

잃어버린 액세서리를 무엇으로 대신할지 생각하는 것처럼 가벼웠다.

여성진 중 남은 한 명, '휠·오브·포춘'의 시모카즈마 린네는 여전히 바보처럼 싱글싱글 웃고 있었다.

"아아! 제기랄!!"

분노가 향할 곳이 없어서 마리오스는 가까이에 있는 철골을 걷어찼다.

"하하하, 진정해. 네 짜증 나는 마음은 이해하니까."

조금 떨어진 철골에 몸을 기대고 있던 죠도가하마 로스트가 정말 불쌍하다는 표정으로 말했다.

"벌충이라기엔 좀 뭐하지만, 이제부터는 우리가 널 지켜줄게."

"……뭐라고?"

로스트는 철골에서 몸을 일으켜 따뜻하게 맞아들이는 것처럼 양팔을 벌렸다.

"그러니까 말이야, 넌 안심하고 모형을 만들어주면 되는 거야. 강적을 일격에 쓰러뜨릴 수 있을 만한 모형을. 예를 들면……."

로스트는 산뜻하게 미소 지었다.

"트라이엄프나, 현 마왕을 쓰러뜨릴 수 있을 정도의 모형을 말이야."

——?!

"이 자식…….”

"이번 일로 알았어. 넌 전선에 나서는 타입이 아니야.”

"그딴 건 처음부터 알고 있었다고, 인마!! 그, 그런데 네놈이 억지로 끄집어냈잖아!!”

"하지만 ‘바벨·타워’는 마법을 걸 상대와 마주 보고 대상을 고정해야 하잖아?”

"그게 어쨌다고! 그딴 건 다 알고 있다! 그러니 그 준비는 용의주도하게 해야 한단 말이다! 그걸——.”

"하지만 스스로 하는 데는 한계가 있어. 늦든 빠르든 널 지킬 동료가 필요하게 되지 않을까.”

"그러니까 그게 카드였단 말이다!!”

그리고 카드들이 만드는 모형들. 그것이 내 군대가 될 예정이었다.

그렇지만 지금은 빈털터리다.

——설마,

이 녀석, 나에게서 전력을, 빼앗았나?

로스트의 사람 좋아 보이는 미소가 다르게 보이기 시작했다.

"어때? 억지로 그렇게 하라는 말은 안 할게. 어디까지나 제안이니까.”

"……뭐가 말이냐.”

"그러니까 우리가 널 지키게 해줬으면 좋겠다는 말이야.”

지금의 난 알몸이나 마찬가지다. 로스트의 말대로 하는 수밖

에 없다. 만약 거부하면──,

"정 화가 가라앉지 않으면, 지금 여기서 동맹에서 탈퇴해도 상관없는데……."

나를 바라보는 네 명의 마왕 후보의 눈.

겉모습을 어떻게 꾸며도 상관없다. 그 눈에는 차가운 타산과 책략밖에 없었다.

난,

함정에 빠졌다.

"……알았다. 네 말대로 하지."

로스트는 만족스럽게 고개를 끄덕였다.

"응. 그러는 게 좋을 거야. 그럼, 다음 주 정례에 또 보자."

로스트는 그런 말을 남기고 모습을 감췄다. 다른 마왕 후보도 이어서 모습을 감춰 갔다.

마지막에 남은 마리오스는 그 자리에 꼼짝하지 않고 서 있었다.

너무나도 불합리한 현실에 오히려 미소마저 띠고 있었다.

왜 이렇게 돼버린 건가?

그렇다.

'러버즈'가 원인이다.

뒤집어서 말하면,

'러버즈'만 정리해버리면 내 불안은 해소된다.

그 뒤는 몸을 숨기고 마왕 대전에서 마지막 둘이 남을 때까지 기다리면 된다.

최강이자 최고인 모형을 만들면서.

이전에 한 번 습격해서 '러버즈'의 실력은 알고 있다.

죽일 수 있다.

그리고 흥미도 있다.

자신의 목숨보다 소중한 것이 무엇인지.

"대체 뭐가 부서질까…… 흐, 흐히히히히히하하하하하하하
하하!!"

◇ ◇ ◇

"유우. 슬슬 출발한다~."

"네~."

난 2층 세면대에서 머리를 체크했다. 옷도 뭐 이 정도면 괜찮
겠지.

오늘은 일요일. 드물게도 가족이 모여 쇼핑을 하기로 했다.

왜냐하면 레이나의 일상 용품이나 가구 등 부족한 것이 많기
때문이다. 그래서 오늘은 일가가 총출동하여 물건을 사러 가기
로 했다.

창고로 쓰던 방도 겨우 정리가 끝나 가구도 반입할 수 있게 되
었다. 그렇긴 하지만, 아직 텅 빈 방에 최소한의 갈아입을 옷이
있는 정도다.

침대나 이불, 그리고 옷장도 필요하고 공부에 쓸 책상도 있는
편이 좋다. 잠옷이나 사복 등의 옷도 부족하고 레이나용 식기도
사서 보태는 등…… 꽤나 큰 쇼핑이 될 것 같다.

1층에 내려가니 모두 현관에서 기다리고 있었다.

레이나는 내 모습을 올려다보더니 진심으로 기뻐하는 웃음을 보여줬다.

"외출, 외출이에요, 오빠!"

"그래, 기대되네."

"네! 다 같이 외출이라니, 너무 기뻐요, 예요!"

눈을 반짝이며 대답했다.

그 모습을 어머니와 아버지도 흐뭇하게 바라보고 있었다.

"그럼, 간다~!! 둘 다 얼른 신발 신어!"

우리는 현관에 앉아 신발을 신었다.

옆에 늘어선 레이나의 낡은 신발을 보고, 아아 바꿔 신을 신발도 사야겠네…… 라고 생각했을 때,

"레이나?"

내 어깨에 레이나가 기대왔다.

어이 어이, 아버지랑 어머니 앞에서 어리광부리지 않아도…… 라고 말하려고 했지만, 어깨에 느껴지는 무게에서 이상을 느꼈다.

사람이 기대고 있다기보다는 인형이 쓰러져 있는 듯한──,

"레이나?!"

몸이 스르륵 기울어져 내 무릎 위로 쓰러졌다.

"레이나?!"

"무슨 일이야?!"

어머니와 아버지가 비명을 지르듯이 소리를 질렀다.

젠장!! 왜!

난 레이나를 안아서 계단을 올라가 내 방의 침대에 눕혔다.

"정신 차려! 레이나!!"

떨리는 손으로 볼을 만지며 아무것도 보지 않는 유리알 같은 눈동자에 말을 걸었다.

그 순간, 눈동자에 빛이 돌아왔다.

"어, 어라…… 오빠…… 왜, 방에……."

난 혼까지 빠져나갈 것 같은 한숨을 쉬었다.

아직, 괜찮다.

레이나는 죽지 않는다.

"아, 어어…… 상태가 좀 안 좋은 것 같아서. 조금 쉰 다음에 가자."

내가 그렇게 말하자 레이나는 사정을 알아차린 것처럼 슬픈 표정을 지었다.

"미안해요…… 레이나 때문에."

호흡이 조금 힘들어 보였고 이마에 땀도 나서 괴로워 보였다.

어머니와 아버지도 내 방에 와서 걱정스럽게 들여다봤다.

"무슨 소리야, 레이나의 몸이 우선이야."

"그래, 지금은 건강해지는 것만 생각하면 돼."

"……네."

레이나는 진땀을 흘리면서도 미소 지었다.

그리고 편한 옷으로 갈아입히고 젖은 수건을 준비하는 등, 할 수 있는 일을 했다.

"레이나, 괜찮아? 필요한 거 있어?"

"아니에요…… 엄마, 미안해요. 폐를 끼쳐서."

"무슨 소리니. 폐를 끼쳤을 리가 없잖아. 건강해지면 같이 외출하자."

"응…… 외출…… 기대돼요, 예요."

괴로운 듯 미간을 찌푸리면서도 필사적으로 웃으려 하는 레이나. 보고 있으면 괴로워진다.

"그럼 무슨 일 있으면 전화로 불러."

머리맡에 레이나의 스마트폰을 두고 어머니와 나는 레이나의 방에서 나왔다.

1층에 내려가서 부엌에 들어가니 어머니가 나를 돌아봤다. 그 얼굴은 당장이라도 울음을 터뜨릴 것만 같았다.

"유우. 레이나를 구할 방법은 없어?"

"그건…….."

그때 이후로 리제르 선배도 미야비도, 다 같이 방법을 찾고 있다. 내가 할 수 있는 일은 적지만 선배와 미야비는 아는 의사나 마술사를 통해 조사하고 있다.

"레이나…… 한 번도 괴롭다거나 아프다는 말은 안 하지. 상태가 저런데 걱정을 안 끼치려고……."

어머니는 부엌의 의자에 앉아 고뇌하듯이 이마에 손을 댔다.

"이럴 때만큼은 투정해줬으면 좋겠는데…… 내가 엄마라고 잘난 듯이 말해놓고는…… 아무것도 못 하다니."

항상 밝고 명랑한 어머니가 낙담했다. 눈동자 끝에서 눈물이 흘러 떨어졌다.

젠장.

나야말로 아무것도 못 했다.

마왕 후보이고 레이나의 주인인데.

오빠인데.

젠장! 모리오카 유우토!!넌 어쩌면 이렇게 무력하고 할 줄 아는 게 없는 녀석이냐!!

누군가를 의지하려고 해도, 난 선배나 미야비와는 달라서 의지할 곳이 없다.

만약 있다고 한다면——,

'그 인형이 부서지는 게 무섭지? 그렇다면 이 녀석의 능력으로 몇 번이고 되풀이할 수 있다고.'

마리오스가 한 말이 떠올랐다.

'휠·오브·포춘'의 고유마법 '리바이벌'. 그 능력에 기대는 수밖에 없나?

하지만 '타워'는 동료가 되라고 하면서도 나를—— 아니, 레이나를 죽이려고 했다.

언행이 일관적이지 않다.

녀석의 변덕이 심한 건지, 아니면 사정이 있어서 내키지 않는 일을 하는 건지…… 아니면 동맹의 의사 통일이 안 되어 있나?

그럼, 어떡하지?

생각해라, 모리오카 유우토.

넌 그래봐야 평범한 인간이다.

우연히 아르카나에게 선택받아 운 좋게도 리제르 선배 같은 대단한 사람들에게 도움만 받고 있을 뿐인 평범한 남자다.

누군가 의지할 사람은.

하지만 나에겐 마족 지인은 거의 없다.

교장에게는 이전에 특정 마왕 후보를 도울 수 없다는 말을 들었다.

게르트에게는 짐작 가는 데가 없는지 찾아달라고 이미 부탁해뒀다.

남은 건 마왕 후보밖에 없는데, 부탁하면 이쪽의 약점을 보여주는 꼴이 된다. 네이트에게는 리제르 선배가 물어봤지만, 스텔라에게는 쉽사리 부탁할 수 없다.

그도 그럴 게 아스피테로부터 리제르 선배를 구할 때 리제르 선배를 보상으로 요구한 녀석이다. 아무래도――,

"――?"

잠깐만.

뭔가 머릿속에 걸린다.

대체, 뭐가?

"유우? 왜 그래?"

"아…… 아냐."

완전히 잊을 뻔한 것.

지금 난 누구의 이름을 떠올렸지?

그러고 보니, 게르트 녀석――,

……!!

"아앗?!"

"무! 무슨 일이야?! 유우!!"

어머니는 갑자기 큰 소리를 낸 나를 걱정스러운 눈빛으로 봤다.

……그랬다.

있다.

나한테도 있잖아.

의지할 수 있는 사람이.

이럴 때 딱 맞는 힘을 가진 녀석이.

◇ ◇ ◇

근처 사람들은 그 집을 폐가라고 생각하는 듯했다.

이전에는 훌륭한 저택이었지만 하룻밤 사이에 폐허가 되었다. 2층이 사라지고 1층도 벽은 구멍투성이고 유리도 깨졌다.

그때는 신경 쓰지 않았지만, 이렇게 보니 상당히 심하게 날뛰었다며 새삼스럽게 깨달았다.

난 쇠창살문을 밀었다.

그러자 문은 열리지 않고 그대로 건너편으로 쓰러져버렸다.

그 앞에 있는 건물은 그야말로 폐허.

정말 이런 곳에 있는 걸까?

난 유리가 흩어진 앞마당을 지나 현관문에 손을 걸쳤다.

……안 열리네.

정원을 돌아서 벽이 날아간 곳을 통해 안으로 들어갔다.

방에는 화재가 난 것처럼 탄 자국이 딱하게 남아있었다. 방을 지나 복도로 나오니, 거기에는 무너진 벽과 깨진 유리가 온통 어질러져 있었다.

나는 그 복도 안쪽으로 나아갔다.

"저건……."

가장 안쪽 막다른 곳에 비교적 피해가 없는 문이 있었다.

난 손잡이를 잡아서 비틀었다.

열리지 않는다.

아무래도 여기인 듯하다.

난 2, 3미터 정도 물러나 힘을 실어서 문에 발차기를 날렸다.

"아스피테에에에에에에에에에에에에!!"

잠금장치가 튕겨 날아가는 소리가 나고 문이 힘차게 열렸다.

방 안은 어두컴컴했고 쉰내가 났다.

창문에는 커튼이 쳐져 있었고, 바닥에는 과자와 보존식을 지저분하게 먹은 흔적이 있었다.

방구석에 한 남자가 머리부터 이불을 뒤집어쓰고 무릎을 세우고 앉아있었다.

이 녀석이 이 방에서 농성하고 있는 남자.

갑작스러운 침입자에 경악한 표정을 짓는 골방지기.

"좀 오랜만이네. '월드'의 아스피테."

"이…… 이 자식…… 모리오카, 유우토."

입술을 떨며 겨우 그 말만을 했다.

난 방 안을 가로질러 똑바로 창문으로 향했다.

"힉?!"

겁먹은 아스피테는 신경 쓰지 않고, 나는 창문의 커튼을 한 번에 걷었다.

"······읏!"

아스피테는 햇빛에 눈을 가렸다. 분명 최근 햇빛을 보지 않았을 것이다. 뒤집어쓴 이불에 깊이 파고들려고 했다.

"야, 이제 나오라니깐."

난 이불을 붙잡아 억지로 걷어냈다.

그 아래에서 몸을 껴안듯이 움츠린 아스피테가 나타났다.

"이, 이 자식······ 언제까지, 나를······ 이 몸을 우롱해야······."

아스피테는 울먹였다.

"더 이상 날 방해하지 마라! 모리오카 유우토!!"

그 모습은 딱하기까지 했다.

자업자득이라는 느낌도 들었지만, 이렇게까지 침울해하는 모습을 눈앞에서 보니 죄악감이 솟아났다.

"아~······ 미안. 갑자기 온 건 사과할게. 하지만 꼭 서둘러야 하는 일이──."

"시끄럽다! 여긴 나만의 공간, 나만의 세상이다."

아스피테는 원망하는 눈으로 날 올려다봤다.

"그렇고말고. 이 좁은 공간이 내 세상의 전부. 그게 뭐가 나쁘냐?! 아무도 발을 들이지 않았으면 하고, 누구와도 이야기하고 싶지 않다! 나가라! 내 세상에서 나가라!!"

사실은 그 기분을 존중해주고 싶었다. 이야기를 한다고 해도 시간을 좀 더 들이고 싶었다.

하지만 지금의 나에겐 그럴 여유는 없다.

눈물을 글썽이는 아스피테 앞에 무릎을 꿇고 양어깨를 잡았다.

"부탁이야, 아스피테! 네 힘이 필요해!!"

"……어?"

아스피테는 계속해서 눈을 깜빡였다. 그 눈 주변은 수면 부족으로 인해 생긴 듯한 다크서클이 이전보다 훨씬 심했다. 나는 그런 썩은 동태와 같은 눈동자를 바라보며 말을 걸었다.

내 마음이 꼭 전해지면 좋겠다고 빌면서.

"우린 지금 곤경에 처했어."

"…….'

아스피테는 놀란 표정을 지은 채로 굳어 있었지만, 이윽고 빈정거리는 웃음을 지었다.

"뭐냐? 꼴좋다고 하면 되는 건가? 네놈을 고통스럽게 만드는 게 내가 아니면 크게 기쁘지도 않다만…….'

"그래, 멋대로 욕해도 좋아. 난 너한테 머리를 숙이고 도움을 구하러 왔으니까."

"도움……?"

아스피테는 미간을 찌푸렸다.

"네놈은…… 무슨 소리를 하는 거냐?"

화난 표정을 보여줬을 때, 눈동자에 한순간 빛이 돌아왔다.

하지만 그것도 금방 사라졌다.

"무…… 무슨, 영문을 알 수 없는 소리를. 난 이미 끝났다. 네 놈에게 패배해서…… 난 모든 것을 잃었다. 이젠 틀렸다……."

아스피테는 이불에 손을 뻗으려고 했다.

"난 내가 세계 제일인 줄 알았다…… 차기 마왕은 나밖에 없다. 그것이 당연하다. '월드'는 최강…… 다른 자는 모두 하등하다…… 그런데 이 꼴이다……."

아스피테는 자조적인 웃음을 짓고는 다시 이불을 뒤집어썼다.

"난…… 이제, 끝이다……."

그 모습을 보고 있으니, 난 이상하게 화가 나기 시작했다.

난 한 번 더 이불을 붙잡고 전보다 더 난폭하게 빼앗았다.

"웃기지 마!!"

"뭣……?!"

내 사나운 태도에 아스피테는 눈을 희번덕거렸다.

"난 평범한 인간이고 넌 마족에다가 귀족이잖아! 배경도 좋은 주제에 한 번 정도 좌절했다고 뭘 비뚤어져 있는 거냐!!"

기력이 쇠한 아스피테의 손을 쥐었다.

"알겠냐? 아스피테!"

어딘가 겁먹은 눈을 한 아스피테를 정면으로 똑바로 바라봤다.

"너의 '월드 · 리비전'은 대단해!"

"어…… 어어?"

어깨에 걸친 손에 자연스럽게 힘이 들어갔다.

진지한 눈빛으로 아스피테를 바라봤다. 눈동자를 통해 내 마음이 전해지도록.

"지금 나에겐 네 힘이 꼭 필요해!"

"필요…… 하다니."

아스피테의 얼굴이 얄밉다는 듯이 일그러졌다.

"네! 네놈, 무엇을── 마음대로."

죽은 눈동자에 약간이지만 빛이 깃들었다.

"난 이미 끝났다! 네놈의 손에 끝장났다고!! 네놈 때문에──."

"아직 안 끝났어!!"

난 아스피테의 몸을 앞뒤로 흔들면서 눈을 가까이 댔다.

"어……."

"넌 아직 여기에 있잖아! 마계로 돌려보내지지 않았다고. 아직 마왕 대전을 계속할 자격이 있다는 말이다!"

아스피테는 이를 꽉 깨물었다. 빠드득하는 소리가 살짝 들렸다.

"하, 하지만…… 끝난 거나 마찬가지다. 인간 따위에게 졌다고…… 더는, 누구에게도, 어디에도 얼굴을 들고 다닐 수 없다……."

"난 '데빌'의 미츠이시 이비자를 쓰러뜨렸다. 그래도 말이냐?"

"?!"

아스피테는 깜짝 놀라 눈이 동그래졌다. 입을 벌린 채로 날 바라봤다.

"네…… 네놈이, 이비자를?"

"그래. 이비자는 마계로 보내졌다. 진정한 퇴장이지. 하지만 아스피테, 넌 아직 여기에 있어."

"난…… 아직."

"포기하지 마!!"

아스피테의 얼굴에 생기가 조금씩 돌아왔다.

"너 정도의 실력이 있으면 재기할 수 있어."

또렷하지 않던 아스피테의 시선이 또렷해지고 멍한 표정은 뭔가를 생각하는 표정으로 변해갔다.

"왜 네놈에게 격려받지 않으면 안 되는 거냐……."

라며 나직이 중얼거렸다.

"건방진 데다가 무례하다."

──조금만 더.

난 손가락에 한 번 더 힘을 줬다.

"네가 다시 일어나길 바라기 때문이다. 격려받는 게 짜증 나면 한 번 더 일어서! 아스피테!"

아스피테는 내 손을 떨쳐내고 분노를 담아 소리쳤다.

"아아아아아! 시끄럽다!! 멋대로 지껄이지 마라! 뭐가 다시 일어서라는 거냐!! 네놈은 날 돕기 위해서가 아니라, 자신의 사정 때문에 왔을 뿐이지 않나!!"

나는 한 번 입을 다문 뒤에 말을 이어서 했다.

"확실히 네 힘을 빌리고 싶어서 온 건 사실이야."

"봐라. 네놈 따위를 위해 내가 왜──."

"하지만 말이다! 네가 이런 식으로 처박혀 있는 것도 싫다고 생각하는 것 또한 사실이다!!"

"……."

아스피테는 날 노려봤다.

하지만 그 눈에서 증오나 멸시는 별로 느껴지지 않았다.

"알겠냐, 아스피테. 난 너에게 이겼어. 하지만 네가 이런 식으로 침울해져 있으면 이겨도 순순히 기뻐할 수 없어! 서로 후회 없는 싸움을 하고 싶어!"

"후회 없는, 싸움, 이라고?"

아스피테의 이빨이 빠득 하며 소리를 냈다.

"졌는데 후회 없는 싸움 따위가 있을까 보냐!! 이기기 위해서라면 어떤 수단을 써서든——."

"그래서 리제르 선배를 인질로 삼았나?"

"……큭, 그게…… 뭐가 나쁘냐."

"그게 너의 패인이기 때문이다."

아스피테는 깜짝 놀란 것처럼 나를 바라봤다.

"뭐…… 라고?"

"리제르 선배를 포로로 잡아서 넌 방심했지. 그리고 내가 인간이라서 깔보고 덤볐어. 만약 네가 착실하게 우리를 몰아넣어서 자신의 능력을 최대한으로 이용했다면, 우린 졌을지도 몰라."

"……확실히 그렇군. 리제르를 포로로 삼은 탓에 네놈의 힘을 끌어내는 역할을 맡게 되었다…… 그래, 그 여자 때문에…… 젠장!!"

"리제르 선배를 인질로 삼는 교활한 수단을 쓰지 않더라도, 넌 엄청난 힘을 가지고 있잖아! 그렇지?! 아스피테!!"

아스피테는 주먹을 쥐었다.

"……굴욕이다."

들을 수 없을 정도의 목소리로 나지막이 중얼거렸다.

"진 상대에게 이런…… 굴욕에 굴욕을 덧칠할 뿐이다."

아스피테에게서 원념과 같은 마력이 방출되었다.

"자, 잠깐만! 난——."

"젠자앙!!"

한 번 고함을 지르더니 아스피테가 일어섰다—— 그리고,

"아…… 아스피테?"

딱히 공격 마법을 쓰지도 않고 그저 날 내려다봤다.

"후회하게 될 거다. 모리오카 유우토."

다른 사람을 흘겨보는 듯한 눈빛. 그 눈빛은 이전의 아스피테를 떠올리게 했다.

하지만 그 눈동자에는 전에는 없었던 불꽃이 피어오른 것처럼 보였다.

"이 몸에게 다시 불을 붙였으니 말이다."

입가에는 희미한 미소. 그 미소에도 어딘지 전과는 다른 분위기가 느껴졌다.

나도 모르게 표정이 풀렸다.

바로 일어나서 아스피테의 눈동자를 똑바로 바라봤다.

"그래야 '월드'의 아스피테지."

아스피테는 흥 하고 코웃음 쳤다.

"말해봐라. 이 몸에게 부탁하고 싶은 게 있지 않나? 사안과 형편에 따라 못 들어줄 것도 없지."

◇ ◇ ◇

레이나의 핵을 교환하는 수술을 어디서 하는 게 가장 좋은지는 리제르 선배가 조사했다. 그때그때 땅과 공간을 흐르는 마력의 흐름에 차이가 있어서 마술이 성공하기 쉬운 장소도 있는가 하면 그 반대도 있기 때문이다.

그 결과 선정된 곳은—— 미야비의 저택이었다.

전에 방문한 낡은 집이 아닌, 그 옆에 있는 넓은 부지와 훌륭한 건물이 있는 쪽이다.

그 저택의 앞마당에 마법진이 그려졌고 중앙에는 제단. 거기에 레이나가 눕혀져 있었다.

최면 마법으로 재워져 있기 때문에 의식은 없다. 몸을 덮은 하얀 천의 가슴 부근이 조용히 위아래로 움직였다.

그리고 제단 옆에 선 나와 리제르 선배. 그 건너편에는 미야비와 미야비의 어머니인 미야코 씨.

미야비는 굳은 얼굴로 자신의 어머니를 바라봤다.

"저기…… 어머님? 협력해주시는 건 고맙지만, 그 옷은…….'

확실히 나도 신경이 쓰였다.

속이 비치는 란제리에 또 속이 비치는 네글리제. 보지 않으려고 하는 게 힘들었다.

"아니, 유우토 씨가 오신다고 해서…… 힘 좀 써볼까 싶어서."

"전혀 타당한 이유가 아니잖아! 너무 힘을 줬어! 그보다 딸의 남자친구한테 손대지 마!"

"그렇지만 나는 자극적으로 입고 있는 편이 마법이 더 잘 되는데······."

그 대화를 들은 리제르 선배는 지친 듯이 한숨을 쉬었다.

"미야비, 모처럼 협력해주시니까 지금은 미야코 님의 의향을 존중하자."

미야비는 그 말을 듣고 마지못해 받아들였다.

다음으로 선배는 차가운 칼날과 같은 시선으로 날 쏘아봤다.

"——그리고 유우토는 너무 헤벌레한 표정 짓지 않도록."

"헷?!"

창끝이 이쪽을 향하고 말았다.

"아, 아뇨, 전 딱히——."

횡설수설 변명을 시작하자,

"어이!"

레이나의 머리 쪽에 선 남자가 짜증 난 모습으로 소리쳤다.

"언제까지 떠들 거냐. 그리고······ 왜 내가 눈가리개를 해야만 하는 거냐?"

검은 눈가리개를 쓴 아스피테가 나에게 불평했다. 말을 거는 방향이 미묘하게 다르긴 했지만.

"그러는 편이 더 집중할 수 있기 때문이야."

나 대신 리제르 선배가 대답했다. 그러자 아스피테는 칫 하고 혀를 찼다.

"너한테는 안 물어봤다."

리제르 선배는 어깨를 으쓱이고 배턴을 넘겨주듯이 나에게 눈길을 보냈다.

"아스피테, 실은 레이나의 핵을 교환해야 해서…… 레이나는 지금 알몸이야."

"……."

아스피테는 화가 치밀어 오른다는 듯이 입가를 일그러뜨리더니 일부러 큰 소리로 혀를 찼다. 기분 탓인가, 귀가 좀 빨간 것 같은데?

"그래서?! 난 '월드·리비전'으로 호문쿨루스의 구성 마술식이 정지하도록 세계의 룰을 고쳐 쓰면 되는 건가?!"

"그래, 부탁할게. 그 틈에 난 '월드·폴'로 레이나의 핵만 소멸시킬 거야. 그러면 리제르 선배——."

"내가 새로운 핵을 집어넣을 거야. 그 후에는 다시 유우토의 '커팅·커넥트'로 어머님과의 접속을 부탁할게.

"네!"

"나도 열심히 서포트 할게! 여긴 유우가오제 가의 영지니까 혈족 마법인 '커팅·커넥트'도 잘 연결될 거야! 분명!!"

참고로 내 어머니도 불렀지만 여기에는 없다.

가까운 곳에 있어야 '커팅·커넥트'를 연결하기 쉽다. 그리고 미야비의 말대로 유우가오제 가의 토지가 힘을 빌려줄 것 같은 느낌이 들었다.

그렇지만 의식을 직접 보여주는 건 조금 내키지 않아서 저택 안에서 대기 중이다.

"다들 준비 됐지?"

리제르 선배의 목소리에 모두 고개를 끄덕였다. 그걸 보고 선배는 눈가리개를 한 아스피테를 재촉했다.

"그럼, 아스피테."

하지만 아스피테는 팔을 허리에 댄 채로 움직이지 않았다. 잠시 후——,

"어이, 모리오카 유우토."

"응…… 어, 왜?"

설마 이제 와서 싫다고 하는 건 아니겠지?

"너희 퀸이 무슨 말을 지껄이고 있는 것 같은데?"

리제르 선배는 한없이 귀찮다는 표정으로 나를 보고 고개를 끄덕였다.

"아~…… 아스피테, 부탁할게. 이걸 할 수 있는 사람은 이 세상에 너 하나뿐이야."

눈가리개 때문에 보이진 않지만 아스피테는 득의양양한 표정—— 을 지은 듯한 느낌이 들었다.

"후후, 당연하지. 이런 일을 할 수 있는 사람은 세계 유일!"

손으로 자세를 잡더니 허공을 가르듯이 바로 옆으로 휘둘렀다.

"잘 봐라! '월드'의 아스피테의 혼신의 '월드 · 리비전'을!!"

아스피테를 중심으로 우리를 둘러싸듯이 마법진이 떠올랐다. 이 구체 안쪽은 바깥세상과는 다른 원리원칙으로 움직인다.

그것이 아스피테의 '월드 · 리비전'—— 직경 3미터의 이세계다.

"좋아, 모리오카 유우토. 그렇게 길게는 못 버티니까 빨리 해라."

"알았어! 간다, '러버즈'!!"

가슴에 드리운 '러버즈' 아르카나가 빛났다.

"'인피니트 · 러버즈'!!"

내 몸 깊숙한 곳에서 마력이 부풀어 올랐다. 온몸을 순환하는 마력이 머리의 처리능력을 비약적으로 올렸다.

평소라면 구축할 수 없는 마술식을 구축했다.

"'월드 · 폴'!!"

난 왼팔 소매를 걷어 올렸다. 팔에는 무수한 마술식이 **빽빽**하게 떠올라 있었다.

리제르 선배와 미야비가 레이나에게 걸쳐진 하얀 천을 걷어냈다.

그 아래에서 실오라기 하나 걸치지 않은 레이나의 모습이 나타났다.

난 레이나의 가슴에 손끝을 댔다. 그리고 세심한 주의를 기울여 천천히 손끝을 미끄러뜨렸다. 그러자 레이나의 피부에 칼집이 **빠끔** 생겼다.

하지만 신기하게도 출혈은 없었다.

리제르 선배가 손을 뻗어 절단한 피부를 벌렸다. 난 그곳을 통해 보이는 광경에 무심코 소리를 질렀다.

"이건……?!"

안에는 살과 **뼈** 대신 마술 문자와 마술 도형이 빼곡하게 차 있었다.

리제르 선배는 그 문자와 도형을 가만히 보고는,

"미야비, 미야코 씨. 상처를 그대로 열어둘 수 있나요?"

"어, 응. 살짝 벌리면 되지?!"

"이렇게…… 하면 되려나?"

두 사람은 벌벌 떨면서 레이나의 가슴에 생긴 상처를 벌렸다.

그 안쪽에 희미하고 빨갛게 빛나는 흐릿한 돌이 있었다.

"유우토, 다음은 드디어 낡은 핵 제거야. 가능하면 그것 외에는 부수지 마."

내 목이 꿀걱하는 소리를 냈다.

"……합니다."

상처에 손끝을 살짝 넣었다.

마술 문자가 피부에 닿는 감촉이 느껴졌다. 마술식에 물리적으로 닿는 느낌이 신기했다.

중지 끝에 딱딱한 감촉.

이게 핵이다.

난 온 신경을 집중해서 '월드 · 폴'을 중지 끝에 집중시켰다.

다른 식을 파괴하지 않고 핵만을!

손끝에 쨍하고 깨지는 감각이 느껴졌다. 동시에 손끝에 닿고 있다는 감촉도 사라졌다.

성공이다!

내 가슴에 안도, 그리고 다음으로 기쁨이 솟아났다.

"해냈어요! 핵 제거에 성공──."

하지만 손끝을 빼내고 나서 핏기가 가셨다.

핵은 사라졌지만, 그 주위의 마술식도 손상되어 있었다.

"이럴 수가……."

리제르 선배가 떨리는 손끝을 부드럽게 감쌌다.

"괜찮아. 주변의 식이라면 아까 전에 외웠어. 이 정도라면 내가 보충해서 쓸 수 있어."

"리제르 선배……."

선배의 손에는 아름답게 빛나는 핑크색 보석이 있었다. 레이나의 새로운 핵이 될 돌이다.

그 돌을 레이나의 가슴 속에 천천히 가라앉혀 갔다.

"위치는 여기로…… 괜찮겠지."

선배가 손을 떼자 새로운 핵이 레이나의 가슴속에 떠 있는 게 보였다. 리제르 선배는 크게 심호흡하고 다시 손끝을 상처에 넣어 파손된 마술식의 일부에 접촉했다.

"다음은 주위의 식과 접속……."

리제르 선배의 눈동자가 파랗게 빛났고 머리카락이 아래에서 바람을 받은 것처럼 살짝 휘날렸다.

상처의 틈으로 마술식의 문자가 늘어나 핵에 얽히는 모습이 보였다.

그걸 보고 미야비가 감탄의 한숨을 흘렸다.

"대단해……."

미야코 씨도 놀라움을 감추지 못했다.

"이런 일을 능숙하게…… 역시 리제르 님."

난 선배가 하는 일의 난이도를 모른다. 하지만 두 사람의 반응을 보니 상당히 어려운 듯했다.

그런 일을 얼굴색 하나 변하지 않고 해내는 선배…… 다시금 대단한 사람이라고 생각했다.

"이걸로 됐어. 마무리는 유우토…… 부탁할게."

"아, 넵!"

미야비로부터 이어받은 유우가오제 가의 혈족마법 '커팅·커넥트'를 발동하려고 했을 때, 아스피테가 초조한 듯이 소리를 질렀다.

"어이! 아직 안 끝났나?! 슬슬 한계라고!"

"어?!"

난 서둘러 '커팅·커텍트'를 발동하여 머릿속에 붉은 실을 핵에 연결하는 이미지를 그렸다.

"이제 조금만 더 하면 돼! 부탁할게!"

"가볍게 말하지 마라! 힘드니까 말이다!! 아아, 젠장…… 더는."

정말로 괴로운 듯한 아스피테의 목소리가 들렸다.

하지만 지금은 손에 집중── 읏?!

갑자기 날카로운 두통이 일었다.

머리가, 몸이 뜨겁다.

젠장! '인피니트·러버즈'를 계속해서 가동한 탓인가!

"큭…… 핵에 연결했다!!"

다음은 어머니에게!

하지만 시야가 일그러졌다. 심한 현기증도 밀려왔다.

회전하는 세상에서 리제르 선배의 날카로운 목소리가 울렸다.

"미야비, 미야코 씨! 상처의 봉합을!"

"네, 넷?!"

"그 정도라면!"

두 사람이 레이나의 상처에 손을 대고 있는 모습이 시야 끝에 비쳤다. 손바닥에서 금색 빛이 빛나고 레이나의 상처가 아물어 갔다.

하지만 시야가 여전히 빙빙 돌고 있었다.

조금만 더 하면 돼! 어머니까지 접속만 하면……!!

그 순간에 '인피니트 · 러버즈'의 효과가 다 됐다.

몸이 기울어지고, 쓰러진다— 고 생각한 순간,

뒤에서 누군가가 안아줬다.

"괜찮아, 유우토. 내가 곁에 있어."

"리제르…… 선배."

등에 리제르 선배의 부드럽고 풍만한 가슴의 감촉이 퍼졌다.

그리고 그 끝을 통해 '인피니트 · 러버즈' 대신 마력이 흘러들어 왔다.

다시 내 의식이 또렷해졌다.

여전히 눈이 빙빙 돌았지만, 받쳐준 덕분에 방향만은 알 수 있었다.

난 저택의 어머니가 있는 방의 창문으로 오른손을 뻗었다.

"가라아아아!!"

레이나의 가슴에서 뻗어 나온 붉은 실이 그 창문을 향해 달렸다.

난 그 자리에서 움직이지 않지만 실 끝부분에 눈이 달린 것처럼 보였다.

창문을 꿰뚫고 걱정스럽게 서 있는 어머니의 가슴에 날아들었다.

"됐어!! 아스피테!!"

"크억!!"

내가 외치는 것과 동시에 '월드 · 리비전'의 마법진이 부서져 흩어졌고, 아스피테는 뒤로 나자빠졌다.

"레이나!!"

난 숨을 죽이고 그대로 누워있는 레이나를 바라봤다.

일어나지 않는다.

움직이지 않는다.

……틀렸나?

그렇게 생각한 순간,

레이나의 눈이 탁 뜨였다.

"햐아아아아아아아앗?!"

기묘한 소리를 지르며 벌떡 일어났다.

"레, 레이나……?"

"아, 아와와…… 까, 깜짝 놀랐어요, 예요."

가슴을 누르고 어깨로 숨을 쉬었다.

"왜 그래?! 괜찮아?!"

"네, 네. 왠지 갑자기 정신이 들고, 그…… 몸속에 갑자기 기운이 날아들어 왔다고 해야 할까…… 엄마가 큰 소리로 부른 것 같은 느낌이 들어서."

"그렇구나……."

아마 그것은 어머니와의 접속이 잘 되었다는 증거일 것이다. 여느 때처럼 어머니의 과도한 애정이 레이나에게 흘러들어 오고 있다.

"레이나, 상태는 어때?"

"네…… 왠지 기분이 엄청 좋아요, 예요!"

환한 표정을 보니 그게 허세가 아니라는 것을 알 수 있었다.

"저기…… 레이나, 혹시…… 나았나요?"

"그래! 이제 괜찮아. 레이나의 핵은 새 걸로 바꿨어! 이제 걱정할 필요 없어!!"

"그, 그 말은, 그 말은…… 정말로, 이제…….."

레이나의 눈동자에 눈물이 넘쳤다.

그리고——,

"오빠아아아아아아아아아아아아아아아아아아아아아아아!"

제단 위에서 내 목으로 뛰어들었다.

"레이나…… 다행이야. 정말로…….."

난 레이나의 몸을 끌어안았다. 피부는 따뜻했고 몸은 부드러웠다. 정말 마술식으로 이루어져 있다는 느낌이 들지 않는 생명력으로 넘쳐흐르는 맥동이 내 손에 전해져 왔다.

"오빠, 오빠! 으아아아아아아아아아아앙"

어리기에 매끈매끈하고 감촉이 좋은 피부…… 체온이 높은 몸…… 가늘어서 부러질 것 같은 팔다리…… 음, 위험하다.

"그, 그건 그렇고…… 레이나? 슬슬, 옷을…….."

"흐에?"

레이나는 자신의 몸을 내려다봤다.

하얗고 티 없는 피부. 부풀기 시작한 가슴에 벚꽃색 젖꼭지. 호리호리한 허리부터 그 아래의 매끈한 언덕—— 금세 얼굴이 새빨개지고 당황해서 입을 떨었다.

"꺄아아아아아아아아아앗!!"

몸을 가리듯이 안고 그 자리에 웅크리고 앉았다.

그러자 리제르 선배가 의식 전에 레이나에게 덮었던 하얀 천을 어깨 위로 걸쳐줬다.

"미야비, 레이나를 저택 안으로 데려가 줘."

"응! 모녀 상봉이네!"

레이나를 데리고 가는 미야비와 미야코 씨를 배웅하고 리제르 선배는 날 바라봤다.

"수고했어. 유우토."

리제르 선배가 내 얼굴에 입술을 댔다.

"어?"

볼에 느껴지는 입술의 부드러운 감촉.

"서, 선배⋯⋯."

쪽 하는 소리를 내며 입술이 떨어졌다.

"완벽하게 만점. 특별상이야♥"

나는 반쯤 정신이 빠져서 선배의 입술이 닿은 볼을 만졌다.

"고⋯⋯ 고맙, 습니다."

행복에 빠져있으니 차갑게 식은 목소리가 잔디밭 위에서 들려왔다.

"어이."

······아!

"아스피테! 괜찮냐?!"

"······이제 와서 알아차리냐."

아스피테는 벌떡 일어나더니 눈가리개를 집어 던졌다.

"'월드 · 리비전'을 과하게 사용해서 움직일 수 없었을 뿐이다. 이제 문제없다."

"그런가····· 다행이다."

아스피테는 일어서서 흥 하고 콧방귀를 뀌었다.

"과연 그럴까? 네놈은 어처구니없는 과오를 저질렀을지도 모른다고."

"뭐?"

"'월드 · 리비전'은 전보다 더 강해졌다. 좌절을 극복하여 이 몸은 더욱 강해졌다. 이전보다 훨씬 말이다."

확실히 그건 위협적일지도 모른다.

하지만, 그래도──,

"그 덕분에 레이나가 살았어. 후회 따위를 할 리가 없잖아."

아스피테는 한 번 더 콧방귀를 뀌고는 문을 향해 걷기 시작했다. 그 뒷모습에 리제르 선배가 말을 걸었다.

"고마워, 아스피테."

그 목소리에 아스피테는 걸음을 멈추고 돌아보지 않고 대답했다.

"······네놈들, '타워'와 교전 중인가?"

'타워'?

"아아…… 타카쿠즈레 마리오스라면 전에 습격을 한 번 당했어. 잘은 모르겠는데 동맹을 만든다면서 권유를 받았지만, 결국엔 공격을 당해서…… 뭐가 뭔지 이해가 안 됐어."

"최근 정보를 모았는데…… 마리오스는 카드를 대부분 잃었다고 한다. 두 장이 남았다고 하던데…… 네가 한 짓이 아닌가?"

뭐라고?

"내가 아니야. 마리오스에게 대체 무슨 일이 있었던 거지?"

"그건 나도 모른다. 하지만 네놈들에게 집착하고 있다더군. 충고 한마디 해두겠는데."

아스피테는 어깨너머로 뒤돌아보면서 내 눈을 바라봤다.

"──살해당하기 전에 죽여라."

아스피테는 그런 말을 남기고 떠나갔다.

나와 리제르 선배는 자연스럽게 서로의 얼굴을 쳐다봤다.

"선배…… 마리오스에게 무슨 일이 있었던 걸까요?"

"모르겠어. 하지만 유우토에게 집착하고 있는 건 확실한 것 같네."

"받아칠 준비를 하는 편이 좋겠네요……."

"그렇네…… 그것도 서두르는 편이 좋겠어."

리제르 선배의 눈동자가 강하게 빛났다.

"마리오스의 고유마법은 얕볼 수 없어. 모처럼 살아난 레이나…… 아니, 레이나뿐만 아니라 우리의 소중한 것을 부수다니, 용서할 수 없어. 마리오스가 모형을 다 만들기 전에 치는 편이 좋을 것 같네."

"리제르 선배…… 고마워요."

"딱히 감사 인사를 받을만한 일은 아니야."

"그래도 기뻤어요. 우리 모두를 소중히 여겨줘서."

리제르 선배는 조금 수줍어하면서 손을 좌우로 흔들었다.

"정말…… 그러니까 이젠 됐다니깐."

"선배는 역시 다른 마족과는 다르네요."

"어?"

어리둥절한 얼굴로 날 바라봤다.

"왠지 자기보다는 우리를 더 생각해주는 것 같아서…… 레이나는 다른 마족과 다르다고 말했었는데, 선배도 특별한 느낌이 들어요."

"——……."

선배는 난처한 듯이 미소 지었다.

"그렇지 않아. 나도 나를 가장 우선해."

"그렇다는 건 선배의 도량이 그만큼 큰 걸까요. 자신을 가장 우선으로 생각해도 그만큼 여력이 있다는 게 아닐까요."

"정말…… 치켜세워도 상은 더 안 줄 거야♥"

약간 부끄러워하는 표정을 짓더니 리제르 선배는 저택 쪽을 향해 걷기 시작했다.

"그보다 서두르자. 한 번 팰리스에 돌아가서 준비할 거야."

"네? 무슨…… 준비요?"

리제르 선배는 귀엽게 한쪽 눈을 감았다.

"쳐들어갈 준비야."

◇ ◇ ◇

마리오스는 학교 안의 팰리스는 거의 사용하지 않고 학교 밖에 있는 자신의 맨션을 요새로 삼고 있다── 그 정보는 리제르 선배가 사전에 파악하고 있었다.

50층 타워맨션. 그 최상층의 펜트하우스가 마리오스의 공방이다.

전용 엘리베이터에 나와 리제르 선배, 미야비, 그리고 레이나가 올라탔다.

숫자가 점점 올라가는 층수 표시를 보면서 리제르 선배가 적 상황에 대한 최종 확인을 했다.

"정보에 따르면, 일시 정지한 층에서는 카드가 기다리고 있어. 소유한 능력은 모형을 현실화 하는 힘이야."

학교 옥상에서 공격당했을 때 본 능력이다. 만만치 않은 데다가 하나하나에 개별적인 특징이 있어서 성가시다.

"아스피테는 카드가 두 장 남았다고 했었죠."

"그래. 하지만 표적은 마리오스. 반격할 틈을 주지 않고 한 번에 갈 거야."

그렇다. 녀석은 피규어를 현실로 만들 뿐만 아니라, 피규어를 파괴하는 것으로 상대의 가장 소중한 것을 파괴하는 힘을 가지고 있다.

"하지만 지금까지 마리오스의 고유마법으로 쓰러진 마왕 후보는 없어. 다시 말해서 그 능력에는 제한이 있어. 아마 상대와 대면하거나, 대화를 하는 등, 일전에 유우토가 공격받았을 때 당한 일 중에 조건이 포함되어 있을 거야."

"어떠한 방법으로 표적을 록온 할 필요가 있다는 거군요?"

"맞아. 그래서 우리가 취하는 수단은 하나── 속공이야. 마리오스에게 모형을 파괴할 틈을 주지 않을 거야."

학교에서는 각 카드가 한 마리씩밖에 꺼내지 않았지만, 만약 숫자에 제한이 없다면? 카드에게는 무리라고 하더라도 마리오스는 할 수 있다는 가능성도 생각할 수 있다.

만약 대량으로 벼르고 기다리고 있다면…… 속공으로 쓰러뜨리는 것은 지극히 어려운 일이다.

40층에서 엘리베이터가 정지했다.

"좋아! 여긴 나한테 맡기고 먼저 가!!"

미야비는 의기양양하게 엘리베이터에서 내렸다.

"에헤헤, 이 대사 한번은 말해보고 싶었어~."

라고 말하는 미야비에게 리제르 선배는 담백하게 대답했다.

"처음부터 그럴 생각이었어. 마리오스가 도망칠 틈을 주지 않기 위해서 말이야."

"어라~?! 거기선 좀 더, 이렇게…… 뭐랄까~."

불만스러워 보이는 미야비에게 응원하듯이 말을 걸었다.

"미야비, 방심하지 마!"

"무, 무운을 빌게요, 예요!"

방긋 웃으며 양손으로 브이사인을 날리는 미야비가 문 너머로 사라졌다. 엘리베이터는 다시 움직이기 시작했고, 다음은 45층에서 멈췄다.

"여기가 아마 에이스의 층. 내가 갈게."

리제르 선배가 엘리베이터에서 내렸다.

"선배, 역시 각개격파로――."

선배는 그렇게 도중까지 나온 내 말을 평소대로 웃으면서 가로막았다.

"내 걱정은 할 필요 없어. 그보다…… 레이나, 마리오스를 쓰러뜨릴 수 있는지 없는지는 너에게 달려있어."

레이나가 움찔하면서 허리를 쭉 폈다.

"마리오스는 아마 매복하고 있을 거야. 그러니까 사전에 계획한대로…… 힘내."

"네, 네네넵! 모두가 살려준 목숨. 최대한 이용해 보이겠어요, 예요!!"

살짝 웃음을 흘린 선배가 문 너머로 사라졌다.

그리고 엘리베이터가 상승하기 시작했다.

다음이 최상층. 즉, 마리오스가 기다리고 있다.

"레이나."

"네."

레이나는 어깨에 걸친 끈을 풀어 등에 멘 칼을 내렸다. 그리고 칼집에서 칼을 뽑았다.

층수 표시가 46층에서 47층으로.

레이나는 자세를 낮춰 칼을 쥐고 자세를 잡았다.

얼굴은 정면, 문의 틈새를 가만히 바라봤다.

"레이나, 침착하게 해. 무슨 일이 있어도 내가 도와줄게."

"고마워요, 오빠…… 그렇지만 레이나는…… 레이나는 지금 뭐든지 할 수 있을 것 같은 느낌이 들어요."

레이나의 표정에 긴장은 없었다.

이제부터 생사를 건 싸움에 임한다는 느낌이 들지 않는 편안한 분위기와 온화한 미소를 띠고 있었다.

"레이나는 세상에서 가장 행복해요, 예요. 선배분들에게 도움을 받았어요. 오빠와 아빠, 그리고 엄마한테 애정을 듬뿍 받았어요."

48층에서 49층.

"이번에는 레이나가 모두를 행복하게 하고 싶어요. 모두가 행복해지면 레이나도 행복해져요. 그렇게 생각하면 힘이 무한하게 솟아나요."

50층.

"왠지 이제야 '러버즈'의 나이트가 된 느낌이 들어요, 예요."

정말 행복해 보이는 옆모습이었다.

"……엄마가 맛있는 밥을 만들고 기다리고 있으니 말이야. 얼른 정리하고 같이 집으로 가자."

"알겠어요!"

레이나가 자세를 앞으로 더 깊이 숙였다. 양다리에 힘을 주고 있는 것을 알 수 있었다.

활시위를 힘껏 잡아당기고 있는 듯한 긴박감이 레이나에게 가득 찼다.

혼신의 힘을 모아 발사되는 순간을 기다리고 있었다.

문이 열린다.

그 틈으로 무수한 괴물의 모습이 보였다.

이족보행 파충류, 반인반수 괴물, 거기에 촉수가 달린 연체동물 등, 현실에는 존재할 수 없는 기분 나쁜 괴물이 득시글거렸다.

약간의 틈으로 들여다본 것만으로도 방을 가득 메울 정도의 숫자가 있다는 걸 알 수 있었다.

——대체 얼마나 준비한 거냐!!

괴물들 틈으로 마리오스의 모습이 보였다.

복도 끝, 방의 가장 안쪽, 거기서 양손을 치켜들고 있는 모습이.

그 손에는 두 개의 피규어.

"바보가! 오는 건 알고 있었다고!!"

마리오스는 양손을 내리쳤다.

"네놈들 둘이서 두 개! 권속 쪽에서는 마왕 후보가 죽는 건 확실! 마왕 후보의 몫으로 누가 부서질지는 모르겠지마아아안!!"

문이 열리고,

사람 한 명이 겨우 빠져나갈 수 있는 틈이——생겼다.

"레이나!!"

엘리베이터의 바닥이 깨졌다.

레이나가 바닥을 박차고 뛰쳐나갔다.

엘리베이터 바로 앞에 있던 괴물들이 일제히 날아갔다.

"……?!"

뛰쳐나간 레이나가 베어 넘기고 있었다.

레이나가 가지고 있는 자신의 키보다 큰 칼.

그 칼이 한순간에 괴물 세 마리를 개전의 제물로 삼았다.

화살이 시위를 떠난 것처럼 레이나가 달렸다.

다음 괴물이 사방으로 흩어졌다.

베어낸 괴물이 원래 모습인 인형으로 돌아갈 틈도 없이 다음 괴물을 쓰러뜨렸다.

레이나는 전속력으로 달렸다.

대리석 복도가 깨져 파편이 공중에 흩날렸다.

마리오스의 손에서 벗어난 인형이 회전하면서 떨어져 갔다.

그 앞을 막아선 괴물을 레이나의 검이 베어 넘겼다.

칼날이 한 번 번쩍이더니 몇 마리의 괴물이 튀어서 날아갔다.

레이나가 노리는 것은 단 하나.

마리오스가 가진 인형뿐.

엘리베이터로부터 그 일직선을 레이나가 질풍과 같이 달려 나갔다.

긴 검이 바람처럼, 빛처럼 달렸다.

그것은 마치 빛의 난무.

한순간에 괴물들의 오체가 조각났다.

바닥을 깨는 소리.

적을 베어 넘기는 소리.

그 소리들이 거의 동시에 나 엄청난 폭발음이 되어 울려 퍼졌다.

마리오스가 던진 인형이 바닥에 가까워졌다.

레이나는 일본도를 내던졌다.

머리부터 뛰어들었다.

양손을 펼쳤다.

좌우의 손이 각각의 인형을 향해 뻗었다.

인형이 바닥에 닿을 때까지 얼마 남지 않았다.

그 틈으로 작은 손이 미끄러져 들어갔고.

두 개의 인형을 손으로 붙잡은 다음.

가슴에 안고 미끄러져 갔다.

"뭣?!"

마리오스는 엄청난 스피드로 날아온 레이나에게 놀라 옆으로 휙 피했다.

하지만 다음 순간, 내던진 인형이 레이나의 손안에 있는 것을 발견하니,

"이 자시이이이이익!!"

마리오스가 피규어에게 지시하듯이 레이나를 가리켰다.

레이나는 엘리베이터에서 나와 똑바로 마리오스에게 돌진했다.

그 일직선상에 있는 적은 전부 베어서 죽였다.

바꿔서 말하면 그 일직선상에 없었던 적은 아직 존재하고 있었다.

남아있는 피규어 괴물들이 레이나에게 쇄도했다.

"그렇게 하게 둘까보냐아아아아아아아아아아!!"

난 방으로 뛰어들어 양손을 앞으로 내밀었다.

손끝에서 전개된 마법진에서 불꽃 덩어리가 발사되었다.

"'파이자드'!!"

레이나를 덮치는 괴물의 상반신이 날아갔다.

——아직 멀었다!!

내!

동생한테!

"손대지 마라아아아아아아아아아!!"

——'인피니트 · 러버즈'!!

그 순간, '파이자드' 마법진이 빛을 더했다.

보통이라면 발사한 뒤에 기세가 약해져 불꽃이 사라져 간다.

하지만,

'인피니트 · 러버즈'가 '파이자드' 마법진에 강제로 마력을 보냈다.

지옥의 불꽃은 기세를 더했다.

불꽃은 맨션의 벽도 뚫어서 벽에 큰 구멍을 뚫었다.

"우오오오오오오오오오오오오오오오오오오오오!!"

난 마법진을 손으로 드는 것처럼 양손을 좌우로 펼쳤다.

불꽃이 쓰러져 있는 레이나 위를 스쳐지나가 방 안을 번쩍 비췄다.

그 불꽃은 남은 괴물들을 날려버렸다.

마침 운 좋게도 모든 괴물의 키가 컸다.

'파이자드'의 불꽃은 괴물들의 상반신을 태워 순식간에 재로

만들었다.

불꽃이 방을 일주하자 불꽃이 사라졌다.

남은 것은 다양한 종류의 괴물의 하반신뿐인 기분 나쁜 조형물.

하지만 그 또한 금방 원래 모습으로 돌아갔다.

그것은 단면이 녹은 반밖에 남지 않은 피규어의 잔해에 지나지 않았다.

숨을 죽일 정도로 훌륭한 모형이 지금은 이전의 모습을 찾아볼 수 없을 정도로 초라했다.

"제…… 젠장."

마리오스는 순간적으로 바닥에 엎드려 불꽃을 피했었다.

"왜 그래? 벌써 총알이 다 떨어졌나?"

난 마리오스를 향해 한 손을 뻗었다.

방심은 하지 않는다.

아직 뭔가 숨기고 있을 가능성도 있다. 난 '파이드제논' 마법식을 구축하면서 마리오스를 노려봤다.

마리오스는 초조한 듯이 일어서서 핏발이 선 눈으로 방의 참상을 둘러봤다.

불타고 눌어붙어 구멍이 뚫린 벽. 벽면의 선반도 전부 파괴돼서 장식해뒀던 피규어와 프라모델 등의 모형이 전부 박살이 나서 바닥에 흩어져 있었다.

"젠장, 젠장, 젠장…… 어째서, 이렇게……?!"

녹아내린 벽에서 밤바람이 불어와 마리오스의 머리칼을 나부

끼게 했다.

마리오스는 머리를 쥐어뜯으며 바닥을 발로 굴렀다.

"으가아아아아아아아아아아아아아아아아아아아악!!"

"승부가 났구나, 마리오스."

그때, 현관에서 리제르 선배와 미야비의 목소리가 들렸다.

"유우토! 레이나! 무사해?"

"'러버즈'가 두두둥 하고 도착이야~!!"

두 사람이 방으로 뛰어서 들어왔다.

"비장의 수단인 피규어는 레이나가 확보했어요. 이제 마리오스 본인을 쓰러뜨리기만 하면 돼요."

내가 그렇게 말하자 리제르 선배와 미야비가 앞으로 나와 마리오스와 대치했다.

나는 그때서야 쓰러진 채로 있는 레이나를 내려다봤다.

미끄러진 자세 그대로 누워있던 레이나는 나와 눈이 마주치자 회심의 미소를 돌려줬다.

그 가슴에는 소중하게 안고 있는 두 개의 인형. 하나는 날개가 돋은 여자 악마. 또 하나는 갑옷을 입은 남자 기사.

손을 내밀자 레이나는 안고 있던 인형을 내밀었다.

난 두 인형을 받아서 다시 찬찬히 봤다.

솔직히 말해서 완성도가 훌륭했다.

내가 인형을 바라보는 걸 본 마리오스가 침을 튀기면서 외쳤다.

"크…… 이, 이 자식들?! 내 최고 걸작을…… 어떻게 할 생각이냐?!"

"이건 우리가 가져간다."

"……뭐."

마리오스의 안색이 새빨개지는 것을 넘어 창백해졌다.

"우, 웃기지마라아아아아!! 그건, 그건! 내가…….."

갑자기 마리오스의 얼굴이 멍해졌다.

"……마리오스?"

대체 왜 저러지?

설마, 뭔가 역전할 수단을 남겨둔 건가?

나는 정신을 바짝 차리고 다시 마리오스를 경계했다. 레이나도 벌떡 일어나 아까 전에 바닥에 던진 검을 주워서 자세를 잡았다.

"뭐, 뭐냐…… 이, 굴욕은, 이 분함은…….."

마리오스는 꿍얼거리며 헛소리하듯이 뭔가를 중얼거리고 있었다.

"그런가…… 소중한 것을 부수는 것보다…… 다른 사람에게 빼앗기는 게 몇 배나 괴로워…… 고통스러워. 속이 뒤집혀. 그런가! 그런 거였나!!"

잘은 모르겠지만 뭔가에 도취해 있다.

뭐지, 이 녀석은?

"크하하하하하! 굉장해, 죽고 싶어져!! 모든 걸 박살 내고 싶어!! 파멸이다! 파멸을 향해 곧장 달려 나가고 싶어!!"

울고 있다. 하지만 슬퍼하는 건지, 기뻐하는 건지 모르겠다.

마리오스는 도도하게 말을 이어나갔고, 그리고━━,

"빼앗기는 건 최고야!!"

번쩍이며 빛나는 눈을 나에게 돌렸다.

공격해 오나?

라고 생각하며, 경계한 순간━━,

"앗?!"

마리오스는 나의 '파이자드'로 뚫린 구멍으로 밤하늘을 향해 뛰쳐나갔다.

투신자살?!

난 서둘러 벽에 뚫린 구멍으로 달려갔다.

"저건!"

날개가 달린 파충류. 드래곤 같은 생물의 등에 탄 마리오스가 보였다.

그 드래곤은 커다란 날개를 펼쳐 밤하늘을 날갯짓해서 날아갔다.

아마 저것도 마리오스가 만든 모형일 것이다.

"도망칠 수단을 남겨두고 있었나…… 젠장! 여기까지 몰아붙였는데!"

"유우토."

리제르 선배는 위로하듯이 내 어깨에 손을 올렸다.

"마리오스의 활동 거점을 부순 건 좋은 성과야. 그리고 카드도 전멸. 몰아넣는 건 간단해. 그리고 생각지도 못한 전리품도 얻은 것 같고."

그렇게 말하면서 내가 안은 인형에 시선을 떨궜다.

선배에게 마리오스가 만든 인형을 건네주자 찬찬히 봤다.

"팰리스의 인테리어로 좋으려나……?"

"좋네! 뭔가 서브컬쳐 같아서 쿨하잖아. 레이나, 좋은 전리품을 얻었네!"

"에헤헤…… 모두의 덕분인 거예요."

그리고 레이나는 나를 우러러봤다.

그 눈은 가슴을 두근거리며 채점을 기다리는 아이와 같았다.

"잘 했어."

머리를 쓰다듬어주자 레이나는 기분 좋은 듯이 웃음 지었다.

"레이나는, 자랑스러운 동생이야."

"오빠……."

레이나의 눈동자에서 한줄기 눈물이 넘쳐흘렀다.

하지만 그것은 기쁨의 눈물.

레이나는 행복이 가득한 웃음으로 대답했다.

"오빠…… 레이나는, 세상에서 제일 행복한 동생이에요……예요!"

◇ ◇ ◇

마리오스를 태운 드래곤은 서서히 고도를 낮춰 숲에 착지했다.

"젠장…… 빌어먹을!"

욕을 퍼부으면서 등에서 내리니 드래곤은 평범한 인형으로 모습을 바꿨다.

여기는 긴세이 학원의 부지다.

평소에는 타워맨션을 거점으로 삼고 있지만, 학원에도 제대로 된 팰리스가 있다. 마리오스는 거기서 태세를 가다듬고자 했다.

인생 최고의 걸작 두 개를 빼앗겼다. 그것도 인간 따위에게.

그 사실을 되새기듯이 마음속으로 되풀이했다.

그럴 때마다 견딜 수 없는 굴욕과 쾌감에 시달렸다.

"후, 후후……."

소중한 것을 다른 사람에게 빼앗긴다는 게 이만한 고양감을 가져다줄 줄은 몰랐다. 모처럼 알아낸 쾌락이다. 몇 번이고 맛보고 싶었다.

팰리스는 오랫동안 사용하지 않았다. 하지만 최소한의 공구와 재료는 있다.

차기 마왕이 되는 건 어렵지만, 지금은 그보다 눈앞의 쾌락이다. 그 쾌락을 위해서는 우선 모형을 만들어야 한다. 설레는 마음을 안고 걷기 시작했을 때──,

"마리오스. 데리러 왔어."

"……로스트."

어두운 숲속에서 죠도가하마 로스트의 모습이 드러났다.

"이 자식…… 왜 여기에."

하지만 로스트는 웃기만 할 뿐, 그 질문에는 대답하지 않았다.

"그 타워맨션은 위험해. 탑 같은 건물에 살고 싶은 건 이해하지만, 다른 장소가 좋을 거야. 내가 새로운 은신처를 마련해줄게."

──더는 이 녀석의 입발림에는 안 넘어가.

마리오스는 차가운 눈으로 로스트를 봤다.

"너, 이 학원의 학생 아니지."

"……왜 그래? 갑자기."

로스트는 이상하다는 듯이 고개를 갸웃했다.

"나도 너에 대해서 조사했다. 입학 전에 정학을 당했다고 지껄였는데, 그건 거짓말이다. 그렇지?"

"……."

"하지만 정체를 모르겠어. 이 학원의 학생도 아니고 귀족도 아니야. 그렇다면 넌 누구냐?"

"이런 이런, 곤란하네."

로스트는 항복했다는 듯이 양손을 들었다.

"네가 그렇게 뒷조사를 좋아할 줄은 몰랐어."

"앙? 네놈이야말로 날 장기 말처럼 써먹었잖아. 네놈 생각대로는──."

마리오스의 등줄기가 오싹해졌다.

뭐지?

로스트의 분위기가 싹 바뀌었다.

거기에 사람 좋아 보이는 미소는 없었다.

표정은 없으며 눈도 마치 시체와 같았다.

생기 없는 말라비틀어진 목소리가 중얼거렸다.

"……'드리밍'."

살기.

아니, 좀 더 꺼림칙한 기운이 오염된 공기처럼 흐르기 시작했다.

로스트의 모습이 어렴풋해져 형체를 알 수 없게 되었다.

대체 이 녀석은 뭐지?

검은 안개——— 아니, 좀 더 농밀한 검은색.

그렇다, 늪이다.

이 세상에 존재할 자격을 빼앗고, 마계로 돌려보내져 봉인 당한다.

절망과 죽음을 시각화한 듯한 존재 그 자체.

이 녀석 자체가 마치 바닥이 없는 검은 늪 같았다.

그 압도적인 어둠이 닥쳐왔다.

"웃! 으아, 우와아아아아아아아아아아아아아아아아아?!"

목에서 뿜어져 나오는 목소리가 어둠에 삼켜졌다.

압도적인 어둠 속에서 마리오스는 속삭이는 듯한 목소리를 들었다.

———'해피엔드'.

그 순간, 마리오스의 존재는 사라졌다.

Epilogue

마리오스를 놓친 다음 날, 간도 교장이 '타워'의 타카쿠즈레 마리오스가 마왕대전에서 탈락했다고 알렸다.

명확하게 자신을 노리던 상대가 탈락했으니, 좋은 알림이라 할 수 있을 것이다. 하지만 누가 쓰러뜨렸는지를 모른다. 정체를 알 수 없는 불길함도 느껴졌다.

그건 그렇고, 오늘은 일요일.

"와아~ 이렇게 큰 백화점은 처음이에요, 예요!"

교외까지 나와 대형 쇼핑센터와 아울렛이 하나가 된 상업시설에 쇼핑하러 왔다.

레이나가 눈을 반짝이며 그 크기에 놀라고 있었다. 정말 기분이 좋아 당장이라도 춤을 출 것 같았다.

연기되었던 쇼핑&외출이 드디어 실현되었다.

"좋~아! 오늘은 이것저것 사자~!"

어머니의 구령에 맞춰 '오~'라고 외치며 주먹을 번쩍 드는 모리오카 일가.

큰 가구는 배송을 부탁하고 식기나 옷 등은 들고 가기로 했다.

"그럼 먼저 큰 것부터 볼까!"

"그렇네, 짐 들고 돌아다니는 건 싫으니까."

가구 판매장에서 책상, 침대, 수납 가구를 고르는 것부터 시작했다.

레이나는 막상 사려고 하면 자꾸만 사양했지만, 없으면 곤란하니 하나하나 설명하고 구매해 나갔다.

오히려 아버지와 어머니가 흥분했다. 쇼핑으로 스트레스를 해소하는 게 아닌가 하는 생각도 들었다.

오전은 순식간에 지나, 푸드코트에서 같이 점심을 먹고 후반전.

"그럼 지금부터 옷이랑 속옷을 보고 갈 테니까, 일단 갈라지자."

라는 어머니의 말씀이 있어서 한 시간 정도 자유행동을 하게 되었다.

"그럼 아빠는 서점을 보고 올게. 유우토는?"

문득 광고에서 본 무선 헤드폰을 떠올려서 실물을 보고 싶어졌다.

그래서 아버지와도 따로 행동하게 되어 나는 전자기기 가게로 향했다.

찾던 물건은 바로 찾았고, 다행히 시청용 샘플도 있었다.

노이즈 캔슬링 기능도 달려있어서 시끄러운 쇼핑센터 안에서도 잘 들렸다. 전철 안에서도 괜찮을 것 같다고 생각한 순간――,

'경고. 위험이 다가오고 있습니다. 빠른 철수를 권장.'

아르카나?

난 헤드폰을 벗었다.

기분 탓인가? 아니, 확실히 들렸다.

노이즈 캔슬링을 했는데도 들렸으니 아르카나의 목소리임이 틀림없다.

설마 시청용 곡에 그런 음성이 들어가 있을 리는 없을 것이고.

그렇다면…… 이 쇼핑센터에 적이?!

"여어, 모리오카 유우토 군."

"?!"

옆에서 시청하고 있는 남자가 말을 걸어왔다.

그 녀석은 헤드폰을 벗어서 견본 선반에 돌려놨다.

나이는 동갑 정도. 머리카락은 빨개서 화려하지만, 얼굴은 사람이 좋아 보였다.

"그러니까……."

누구였지? 학원에서는 본 적이 없다. 혹시 전에 다니던 학교의 학생인가?

그 녀석은 내 표정을 읽었는지 미소 짓고 손을 좌우로 흔들었다.

"아아, 처음 만난 거야. 모르는 게 당연하지."

"어? 그럼."

'경고. 위험합니다. 빠른 철수를 권장.'

다시 아르카나의 경고를 받았다.

설마…… 이 녀석이?

언뜻 보기에는 평범한 소년으로 보였다.

온화해 보이고 붙임성 좋아 보이는 웃음.

하지만,

난 긴장으로 온몸을 굳히고 그 녀석과 마주봤다.

"너도 마왕학원—— 긴세이 학원의 학생이야?"

그 녀석은 고개를 저었다.

"아니, 달라."

어?

그렇다면——,

아르카나가 경고하고 있는 건 이 녀석이 아니라는 뜻이다.

"아~…… 그러니까, 미안. 좀 위험해질 것 같아서, 난 이만."

가볍게 손을 들고 돌아섰다.

여기에 있으면 많은 사람을 말려들게 할 가능성이 있다.

아버지랑 어머니도 있다. 바로 리제르 선배에게 연락해야 한다.

난 스마트폰을 꺼내 주소록을 열려고 했다.

"냉정하구나, '러버즈'의 마왕후보, 유우토 군."

————.

멈춰 서서 그 녀석을 돌아봤다.

"……너, 마왕 후보냐?"

"그래."

하지만 마왕 후보는 마왕학원의 학생 중에서 뽑힐 텐데.

이 녀석은 정말로 마왕 후보인가?

"그럼…… 넌 대체 무슨 아르카나야?"

그렇게 물어보자 그 녀석은 주머니에서 한 장의 카드를 꺼냈다.

낫을 든 해골.

"'데스'."

온몸에 오싹한 한기가 들었다.

이 녀석이 '데스'의 마왕 후보.

이 사람 좋아 보이는 녀석이.

"내 이름은 죠도가하마 로스트. 잘 부탁해."

"……나한테, 볼일 있어?"

로스트는 싱글거리면서 대답했다.

"응. 네가 적대하고 있던 '타워'의 마리오스 말이야, 내가 죽였어."

"……네가?"

"친해지자는 뜻으로 말이야. 널 끈덕지게 귀찮게 해서 폐를 끼쳤잖아?"

정말일까?

이 녀석의 목적은 대체 뭐지?

평범하게 생각하면 다른 마왕 후보를 쓰러뜨리는 것. 즉, 나를 죽이는 것일 것이다.

방심하지 마라.

이미 싸움은 시작됐다.

몸속에 마술식을 구축하기 시작했을 때——,

"내가 진정한 의미로 동료라고 생각할 수 있는 건, 너뿐이야."

——뭐라고?

의미를 곧바로 이해할 수 없었다.

이 녀석…… 무슨 소리를 하는 거야?

뒤늦게 루키와 마리오스가 한 말이 떠올랐다.

"그런가…… 너도 동맹인가 뭔가의 일원인가."

로스트는 어깨를 으쓱였다.

"아니야. 너와 나는 그런 동맹과는 달라."

"……."

더 알 수 없게 되었다.

이 녀석은 동맹과는 관계가 없나?

"그럼 동료라는 건 무슨 의미야."

"그건 말이지."

죠도가하마 로스트는 기쁜 듯이 미소 지었다.

"너와 나는 마왕학원의 반역자이기 때문이야."

마왕학원의
반역자

후기

　여러분 잘 지내고 있나요?! 쿠지 마사무네입니다! '마왕학원의 반역자' 제3권을 사주셔서 정말 감사합니다!

　세상은 미증유의 신형 코로나 바이러스 소동으로 큰일입니다 (2020년 4월 현재). 이 책이 발매되는 6월에는 어떻게 될지 전혀 예상이 안 되지만, 현재는 모두 외출을 삼가거나 서점도 닫혀있어서 과연 3권이 서점이 진열될 수 있을지, 사주실지 불안합니다. 하지만 이 글이 읽히고 있다는 건, 적어도 당신의 손에는 도착했다는 뜻이네요! 기쁘게 생각합니다!!

　이번 3권에서는 이야기가 단숨에 진행됩니다! 무서운 마왕 후보 '데스'가 등장했습니다. 그리고 다른 마왕후보 '휠 · 오브 · 포춘' '타워' '스트렝스' '문' '선'이 차례차례 등장!

　겉으로는 동맹인 척하지만, 그 동맹은 마족으로 이루어져 있죠. 긴장감이 흐르는 위험한 동맹입니다.

　독특한 고유마법과 독특한 성격(웃음), 그리고 배신 등, 그들의 활약도 부디 기대해주세요!

　이번에는 '타워'의 타카쿠즈레 마리오스가 주요한 적이 되어 유우토 일행을 덮칩니다. 마리오스는 성격이나 성벽이 상당히 좀 그렇지만, kakao 신의 캐릭터 디자인이 너무 뛰어나서 감격했어요! 일러스트로는 제대로 못 보여준 게 분합니다. 그러니

가능하면 트위터 같은 곳에서 공개하고 싶구나, 라는 생각을 하고 있습니다.

이야~ 그래도 신 캐릭터는 린네도 귀엽고 로스트도 멋지고 디자인이 정말 훌륭하네요!

그리고 일러스트가 아름다움&에로하면서 귀여움&멋짐!! 눈이 호강하네요!!

아, 그리고 이번에는 스텔라의 첫 전투도 기대해주세요! 옷 갈아입는 신&샤워신도요!

마지막 페이지까지 부디 방심하지 마세요.

그리고! 월간 드래곤 에이지에서 코미컬라이즈 연재 중입니다!! 미조구치 젤라틴 선생님이 왕도 소년 만화를 그리는 느낌으로 그려서 진짜로 재밌으니까 꼭 보세요. 물론 야한 신의 퀄리티는 말할 것도 없죠!

그러면 감사 인사를 하겠습니다. 이번에도 최고로 최고입니다, kakao 선생님!! 편집 나카다 씨. 그 외 출판에 참여해주신 많은 분들. 그리고 항상 응원해주시는 독자 여러분. 정말 감사합니다!

그러면 제4권에서도 최강을 무찔러라!!

쿠지 마사무네

MAO GAKUEN NO HANGYAKUSHA Vol. 3 ~JINRUI HATSU NO MAO KOHO,
KENZOKU SHOJO TO OZA WO MEZASHITE NARI AGARU~
©Masamune Kuji, kakao 2020
First published in Japan in 2020 by KADOKAWA CORPORATION, Tokyo.
Korean translation rights arranged with KADOKAWA CORPORATION, Tokyo.

마왕학원의 반역자 3 ~인류 최초의 마왕후보, 권속 소녀와 왕좌를 노린다~

2021년 6월 30일 1판 2쇄 발행

저   자 쿠지 마사무네
일러스트 kakao
옮 긴 이 박정철
발 행 인 유재옥
본 부 장 조병권
담당편집 정영길
편 집 1 팀 이준환, 박소연
편 집 2 팀 정영길, 조찬희, 박치우
편 집 3 팀 오준영, 곽혜민, 김혜주
편 집 4 팀 성명신
미   술 김보라, 서정원
라이츠담당 한주원
디 지 털 박상섭, 이성호, 최서윤
발 행 처 ㈜소미미디어
인쇄제작처 코리아피앤피
등   록 제2015-000008호
주   소 서울 마포구 토정로 222, 403호(신수동, 한국출판콘텐츠센터)
판   매 ㈜소미미디어
마 케 팅 한민지, 이주희
물   류 허석용
전   화 편집부 (070)4164-3962, 3963 기획실 (02)567-3388
                판매 및 마케팅 (070)4165-6888, Fax (02)322-7665

ISBN 979-11-6611-319-2 (04830)
ISBN 979-11-6507-977-2 (세트)